魔王令嬢の教育係

勇者学院を追放された
平民教師は魔王の娘たちの
家庭教師となる

2

新人
jin Arata

CONTENT

魔王令嬢の教育係

勇者学院を追放された
平民教師は魔王の娘たちの
家庭教師となる

プロローグ

――フレイがフェムに付きっきりの指導をしていた頃。

ルクス武術魔法学院の本校舎。その廊下で木造の扉が軽く叩かれる音が数度響いた。

「誰だ？」

部屋の中から中年男性の若干くぐもった声が聞こえてくる。

「リリィ・ハーシェルです。学部長から私にご用件があるとのことで参りました」

「入ってよし」

再び扉越しに声が聞こえるとリリィはドアノブを掴み、ゆっくりと扉を開いた。

「失礼します」

「うむ、そこに掛けなさい」

一礼し、入室したリリィを少し腹の出かかっている学部長が迎える。

学部長は来客が彼女であることを確認すると、事務作業をしている机の向かい側にある椅子へと座るように促した。

「早速だが……、ヴィルダネス卿が主催される武術大会が今年も行われるのは当然知っているな？」

リリィが椅子に座ると同時に、学部長が切り出す。

「はい、存じています」

考えることもなく、リリィはすぐに答えた。

この学院において、その言葉が指すものと言えばただ一つであった。

フェルド武術大会。

それはかつて魔族の軍勢に大打撃を与え、人類に反攻の希望をもたらした勇者ルクス。その仲間であるフェルド・ヴィルダネスの名を冠した武術大会。

出場できるのは国内にいる将来有望な若者のみではあるが、武の道を志す者なら誰もが知っている大会である。

「知っての通り、今回は十回目の記念開催でな。例年よりも大規模に開催される」

「そうなのですか」

「ああ、急に知らされたものだから……こっちも大わらわだ」

「それで、それと私への用件に何か関係が？」

用件を早く聞き出し、すぐに訓練に戻りたいと思っているリリィが話の核心を急かすように学部長に尋ねる。

そんな不遜さを感じさせる態度に、学部長は顎から生えた髭を触りながら僅かに眉をひそめた。

「君への用件というのはだな。我が校の代表者の一人として、君が選出されたということがまず一つだ」

「ほ、本当ですか!?」

学部長の口から出た言葉に、リリィは勢いよく椅子から立ち上がる。

「本当だ。それから落ち着きなさい」

「し、失礼しました……」

突然の通達に興奮してしまったリリィが頬を少し赤らめながら再び着席する。

入学してから三年近く彼女は実技成績において常に学院の最前をひた走っている。

それでも、平民であるという理由でこれまで代表として選出された経験は一度もなかった。

今年も平民の出である自分が選ばれることはないと考えていた彼女にとって、その一報は完全に不意を突かれた出来事だった。

「本来ならば、他の候補者が選出される予定だったのだが……どこで知ったのか、ヴィルダネス卿が是非、君をと言ってな。それで優先して選出されることになった。光栄に思いなさい」

「ヴィルダネス卿が……、はい！」

フレイがいなくなって以来、ほとんど見せなくなっていた笑顔をリリィがその顔に浮かべる。

彼女の胸中にあるのは当然、これでまたフレイとの約束に一歩近づけるという思い。

もし優勝すれば、平民の彼女であっても貴族から一目置かれるようになるだけの権威がその大会にはある。

それどころか、もしかしたら公爵閣下の目に止まるかもしれない。騎士として登用されるかもしれない。そうなれば胸を張ってフレイを迎えにいけるとリリィは考える。

しかし、学部長の口からそんな彼女の想いを打ち砕くような言葉が続けて発された。

「しかし、選出に当たって一つだけ条件がある」

「条件……ですか？」

「そうだ。他の試合は普通に戦ってもらっても構わないのだが、もし決勝が我が学院の生徒同士による試合になり、その場に君がいる場合は……」

学部長がリリィの顔をじっと見る。

それ以上は言葉を紡がず、ただ察しろと言わんばかりの無言の圧力をかける。

「……わざと負けろということですか？」

この学院の、この国の在り方を嫌というほどに知ってるが故にリリィは意図をすぐに察した。

言ってしまえば、大会自体が貴族による大規模な示威行為に過ぎないことを彼女は薄々と勘付いていた。

平民がどれだけ鍛錬を積もうが、有り余るほどの金と時間をかけて教育された貴族の子息たちには敵わない。その事実を知らしめるための大会であることに。

現実に、初回開催から今に至るまで成績上位はほとんどがルクス学院の生徒に占められている。

時折現れるリリィのような例外も、その有り余る富と権力によって丸め込まれてきた。そこまでを彼女が知る由もないが、今まさに彼女もそうされようとしている。

「そこまでは言っていないが、君はあくまで閣下の御慈悲によって出場させてもらう立場であるということだ」

目の前の男が言っていることが八百長の申し入れであるのは間違いない。

リリィはそれを受け入れればフレイの意志に反するのではないかと考える。その一方で、仮に準優勝であってもフレイとの約束に大きく近づけるのではないかとも考え、その心は強い葛藤に苛まれ始める。

「大会まではまだ時間はある。それまでにじっくりと考えたまえ」

学部長はそう言って会話を打ち切り、言外に退室を促す。

「最後に一つだけ……お聞きしてもよろしいですか？」

「なんだね？」

「もし、決勝の相手が我が学院の者でなかった場合はどうなりますか……？」

「ふっ、はっはっは！　同校対決でなかった場合か、そうだな……」

そんな事態になる可能性は微塵も考えていなかった学部長が笑い飛ばす。

「……その時は君の好きにすればいい」

続けてそう答えながらも、彼は当然そんなことはありえないと考えている。決勝まで来ることができる他校の生徒や平民が存在するなら、むしろ見てみたいくらいだと。

「……分かりました。では、失礼します」

リリィは椅子から立ち上がり、一礼して出口へと向かう。

「自分の将来を考えた決断を下すんだぞ」

強い葛藤を抱えながら歩くリリィの背中に向かって学部長はそう告げた。

彼女は何も答えず、背筋を真っ直ぐに伸ばしたまま退出していった。

一章

魔王令嬢の教育係

「よし、それじゃあ訓練の成果を見せてみろ」

屋敷の裏にある広場で、自身の体よりも二回りは大きな幹を持つ木と向き合うサンへと向かって言う。

ここに来てもう一月半ほどが経過した。

サンとイスナに突っかかられたのを返り討ちにしたり、面倒な母親夢魔の相手をしたり、突然イスナが壊れたり、フェムと一緒に魔法制御の訓練をしたりと色々なことがあった。

戸惑いや困難も多々あったが、教育係の任は順調だと言っていいだろう。

そして今から見せてもらうのは、サンがこれまでに積んできた訓練の成果。

しばらくフェムにかかりきりでサンのことまで見られていなかったが、かなり自信満々にしていたので期待は嫌でも膨らむ。

「うん！　見ててよ！」

サンはそう言うと、その小さな身体をゆったりと弛緩させ始める。その身体から無駄な力が抜けていき、大きく息を吐いた直後——

「脚部強化《エンハンス・クルス》！」

二つのルーンを繋げた魔法の詠唱を行った。

その直後、周囲の魔素がサンの身体へと取り込まれる。受容された魔素が魔力となりサンの脚部へと集まっていく。

「うしっ！」

サンがその場でトントンと軽く二回跳躍する。

「せりゃあぁッ!!」

張り上げられた声と共に、木へと向かって豪快な右回し蹴りが繰り出された。

細くスラっとした木の枝のような脚が、その何倍もの太さを持つ幹へと叩きつけられる。

まるで因果が逆転したかのように、蹴撃を叩き込まれた木の幹が砕ける。バキバキと澄んだ破裂音を立てながら大きな木が地面へと横たわっていく。

「へへん！　どうよ！」

倒れた木が地面を揺らすと同時に、サンが振り返りながら得意げな笑顔を向けてくる。

「すごいじゃないか！　この短期間でよくここまでできるようになったな！」

俺が見てやれなかった間に、サンは見違えるほどの進歩を遂げていた。

基本は教えていたが、流石は魔王の娘という他ない。若さも相まって、その成長速度は目を見張るものがある。

「でしょでしょ〜。褒めて褒めて〜もっと褒めて〜」

よく懐いた犬のように、俺の身体へと擦り寄せてくる。

「俺が見てない間もサボらずにちゃんとやってたんだな。偉いぞ」

「ふふ〜ん、偉いでしょ？　だから、ね？　フェムみたいにさ、あたしにも何か作って？　ね？」

爛々と輝かせた目で俺を見上げながらねだってきた。

「作ってやりたいのは山々だが……それはまだ早いな」

「えー、どうしてさー？　すごいって言ったじゃん」

「格闘術に魔法を交えられるようになったのは確かな成長だ。でも、第二位階程度の魔法で足を止めて詠唱してるようじゃまだまだだ」

実戦であんな隙だらけの詠唱を待ってくれる敵はいない。

無詠唱とまでは言わないが、せめて自分の動きを阻害せずに詠唱ができないと実戦では使い物にならない。

「ようやく、応用編に一歩足を踏み入れたって段階だ。道具を欲しがるのは早い」

「え～……ケチ～……」

口を尖らせながら不服そうに目を細めるサン。

「戦闘中に無駄のない詠唱と強化部位のスムーズな切り替えができるようになって、ようやく一段落ってところだ」

「うへぇ……じゃあ、まだまだじゃん」

「ああ、道程は険しいぞ」

サンは甘やかしすぎるとダメなタイプなのでそうは言った。だが、この成長速度なら作ってやるのはそう遠くない未来に訪れるだろう。

そうなったらまた数日はまともに寝られない日が来るなと考えながら、今度は杖を作ってやったばかりの末妹のほうを見る。

フェムはいつの間にか姉妹の前でも顔を隠すことをやめていた。今は長椅子に座って、ニコニコしながら黒光りする杖を布で磨いている。

感情の昂りによって暴走していた強大な魔法。俺との訓練を通してその制御ができるようになった影響なのか、当初の恥ずかしがりで臆病な性格も今はすっかりと改善されたようだ。

あの子に関してはもう訓練の成果を存分に見せてもらったし、今からわざわざ見せてもらう必要もない。

「イスナも俺の代わりに二人の面倒を見てもらって助かった。ありがとな」

「他ならぬ貴方の頼みだし、お礼には及ばないわ。それに……むふふ……」

ここに来てからずっと俺の腕に絡みついているイスナに改めて礼を言うと、何やら怪しげな笑みを浮かべ始めた。

最初は俺の指導なんて絶対受けるかと蛇蝎の如く嫌われていた次女。

それがあの夜の事件をきっかけに何故か俺に絶大な好意を抱いてくれるようになったことにはそろそろ慣れてきた。それでも相変わらず何を考えているのかはよく分からない。

「何を笑ってるんだ……？」

「むふふ……ひ・み・つ」

イスナが再び怪しげに笑う。やっぱり、何を考えているのか分からない。

「なんだそれ……。まあいい、次は……」

続けて、四女のフィーアのほうに視線を移す。

「にんしき……じゅよう……れんけ……えっとなんだっけ……えっと……えっと……」

フィーアは緊張しているのか、身体をガチガチに強張らせて虚空を見つめながら呪文のように独り言を呟いている。

「フィーアにも自習の成果を見せてもらおうか」

この四女は最初から俺に懐いてくれた素直で良い子なのは間違いない。だが、どうにもこれまで目立った成果が出せていない。

「え……？　は、はひ！」

俺の呼びかけに応じたフィーアが手足をぎこちなく動かしながら、移動し始める。

同じ側の手と足が同時に出てる。大丈夫なんだろうか……少し心配になってきた……。

「フィーア、落ち着いて深呼吸しろ」

「は、はひ！　深呼吸……深呼吸……。ひっひっふー、ひっひっふー」

「大丈夫かしら……あの子……」

イスナも心配そうに見つめる中、少し違う呼吸法を終えたフィーアが集中し始める。

サンがしていたのと同じように、緊張を解きほぐし、自然と一体化するように身体から力を抜いていく。

そして――

「火炎放射《イグニ・ランシア》！」

詠唱された呪文は、炎を放出するだけの単純な魔法のものだったが……。

突き出されたフィーアの手からは炎どころか、欠片ほどの魔素も放出されていない。そもそも周囲の魔素すら全くの無反応である。

「あ……あれ……？」

「大丈夫だ。慌てなくていいから、もう一回だ」

「は、はい！」

そう言ってやると、フィーアが今度はすーはーすーはーと正確な深呼吸を行う。

「火炎放射《イグニ・ランシア》！」

再び呪文を唱えるが、やはり何も起こらない。

「え、えーっと……そうだ！　血だ。血が足りてないんじゃないのか？」

今日は雲一つない晴天。降り注ぐ日射しは人間の俺でさえ辛いものがある。

もしかしたら、その影響で吸血種としての力が弱まっているのかもしれない。

「そ、そうかもしれません」

フィーアはそう言うと、服の内側からあの飴玉のような血の塊を取り出して口に放り込んだ。

カリカリと小気味の良い音を鳴らして咀嚼してからそれを一気に飲み込む。

「よし、もう一度だ！」

「は、はい！」

「フィーア〜、頑張れ〜」

俺の隣でしゃがみながら眺めているサンからも声援が飛ぶ。

長椅子に座っているフェムも杖を磨く手を止めて、心配そうに姉の姿を眺めている。

「いきます！　火炎放射《イグニ・ランシア》！」

やはり何も出ない。周囲も無風。魔素がフィーアの身体に取り込まれる際の大気の流れは僅かも起こっていない。

緊張や不調ではなく、何かもっと根本的なことが原因のような気がしてくる。

「なあイスナ……、昨日まではどんな感じだったんだ？」

昨日まで俺に代わって教師役を担ってくれていたイスナに尋ねる。

「昨日は、一応……できてたはずなんだけど……」

「一応ってどのくらいだ？」

「えっと……、なんとかロウソクに火が点けられそうなくらい？」

少しバツの悪そうな表情でイスナが呟く。

「ロウソク……」

ある程度は悪いほうへの予測もしてはいたが、これは想像以上かもしれない。

その後もフィーアが何度も詠唱を繰り返したが、その手からはたまに煙が出る程度で炎が出ることはついぞなかった。

「今日は調子が悪かったみたいだな。そういう時もある。あんまり気を落とすな」

疲れ果て、肩を大きく上下させながら呼吸を整えているフィーアに声をかける。

そんな言葉が気休めにもならないことはかけた俺でさえ分かっているし、この子も当然それは分かっているだろう。

「はい……ごめんなさい……」

フィーアは俺の顔を見ずに、ただ謝罪の言葉を口にした。

姉妹たちも今はかける言葉が見つからないのか、ただ黙ったままその姿を見ている。

才能。あまり使いたくない言葉ではあるが、魔法の行使においてはそれ以上に大事なものはないとされている。

今の結果を受けてフィーアに足りていない物を問われれば、それだと答えるしかない。

「少し、お手洗いに行ってきます……」

「あ、ああ……」

視線と肩を落としながら、フィーアはとぼとぼと屋敷へと向かって歩き出す。

そんなフィーアにこれ以上どんな声をかければいいのか分からず、その小さな背中を見送ることしかできなかった。

俺のクビがかかっている姉妹たちの試験までの猶予はそう長く残されていない。

“ ”

十六歳、身長1．56メルトル、体重――

夕食後、自室の部屋に座りながらフィーアのことが書かれた資料に再び目を通す。

結局、あの後フィーアが朝練の場に戻ってくることはなかった。

その後の昼の授業にこそ出席していたが、それが空元気なのは誰の目から見ても明らかだった。

手元にあるフィーアの資料には、何度読んでも彼女が武術や魔法に関する資質を一切持っていないことが残酷なまでに書かれている。

今朝のあれを見た限りでは、それが間違っていないということも分かっている。

努力が才能を凌駕することがないとは言わない。だが、それはあくまで一定の資質を持った上での話だ。

正直言ってフィーアには、それすらもないことをまずは俺が認めないといけない。

もちろん、それはフィーアのことを諦めるためではない。彼女が本当にできることを探すためにだ。

武術や魔法だけが才能の全てではない。

まずはその種族的な特性から絞り込んでいこう。フェムのように、そこから何かが掴めるかもしれない。そう考えて、今度は吸血種に関する資料を読み込んでいく。

日光に弱い。

人の生き血を生命力にしている。

他者に血を分け与えて眷属とする。

優れた身体能力と魔法行使能力。

狡知に長けている。

幽鬼種とは違って、吸血種は人魔両世界において広く知られている。おかげで種族的な特性に関する情報はすぐにいくらでも見つかった。

しかし、そのどれもがフィーアは吸血種としての特性をほとんど発揮していない子であるということを示していた。

「はぁ……どうしたもんか……」

サンは体術、フェムは魔法。それぞれが種族由来の優れた才能を有している。

長女で竜人族のアンナのことはまだよく知らないが、以前に少しだけ見た実力は確かなものだった。

まだ俺に心こそ開いてくれていないが、今のところは好きにやらせておいても大丈夫だろう。

そんな中で、フィーアだけが魔王の娘でありながら落ちこぼれであるということは考えづらい。何かあの子が才能を発揮できる分野が存在しているはずだ。

「ね～え～、暇なんだけど～」

背中にずしっとした重量感と柔らかい感触。

「なら、さっさと自分の部屋に戻って寝ろ」

持ち前の才能と言えるほどの柔らかい物質を押し当ててくる次女へと告げる。

「あっ……その冷たい感じ……ゾクってくる……」

背中にへばりついた柔らかい身体が、言葉通りにゾクゾクと震える。それ無視して、次の資料を手に取る。

表紙に書かれた文字を見ると、二十年以上前のある吸血種に関する報告書のようだ。

若干気になったが、フィーアのためになりそうな情報は書いていなさそうだ。そう考えて、読まずに次の資料を手に取ろうとした時――

「あっ！　それってノイン様の？」

背後にいたおっぱ……ではなくて、イスナがその資料を見て言った。

「ノイン様？　知り合いなのか？」

「知り合いも何も、フィーアのお母様じゃないの」

「え？　ああ……そういえば、そんな名前だったな……」

一度は置いた資料は再び手にとる。

確かに『吸血鬼ノインの被害報告書』と書いてあり、フィーアの個人資料に書いてあった母親の名前と一致する。

それなら話は別だ。何か有益な情報が書いてあるかもしれないと考え直して、その頁を捲っていく。

「これは……」

そこに記されていたのは、ありとあらゆる種族の戦士たちがただ一人の吸血種の女性にやられて眷属にされていった記録だった。

「これ……本当にフィーアの母親なのか……？」

その吸血種の女は一言で言えば女傑。

あるいは大局観のようなものは一切持たずに、ひたすら子分を連れて暴れまわるだけの馬鹿だ。

エルフたちの生息する森に現れてエルフの戦士をぶちのめして眷属にしたかと思えば、次の日には別の場所に現れて獣人の戦士をぶちのめして眷属にしている。

とてもじゃないが、あの温厚でのほほんとした少女の母親だとは思えない。

「ええそうよ。まああの子とは似ても似つかないからそう思うのも当然でしょうけど」

「会ったことはあるのか？」

「ええ、もちろん何度もあるわよ」

「どんな人なんだ？」

この体勢では流石に話しづらいと思ったのか、イスナは背中から離れて隣の椅子へと座った。

そして、どう話そうかと少し考え込むような仕草をする。

「そうねぇ……そこに書いてある通りの人なんだけど……。まあ一言で言うと、女版のお父様って感じかしら……」

「お、女版のお父様……？」

一体なんて表現だ……。

「ええ、そうとしか言えないわね」

「すまん、もう少しだけ具体的なことを教えてもらえないか？」

魔王とはまだ直接会っていないので、例えに出されてもいまいちピンと来ない。

「具体的……えっと……腕っぷしが強くてー……基本的に考えなしで、大雑把な性格なんだけど……妙な人望というかカリスマ性があるって言うのかしら……」

「腕っぷしに……カリスマ性か……」

魔王ハザールは種族間の紛争が混迷を極めていた魔族界に突如として現れ、統一を果たしたと言われている。

そんな偉業を成し遂げるには、単純な力だけでなく、圧倒的な統率力が必要なのは間違いない。

その女性版だと言われたフィーアの母親は、聞けば聞くほどあの子とは正反対の存在ということが分かってくる。

「結局、お父様に止められるまでに千人くらいが眷属にされてたとか」

「止めたのは魔王なのか……」

「ええ、と言ってもまだ若い頃で今の立場になる前の話らしいけどね。当時を知ってる人たちの中でも今も語り草になってる凄まじい戦いだったとか……」

「へぇ……」

生憎、手元の資料にはそこまで事細かい経緯は書かれていない。その戦いのことも気にはなるが詳しく調べるのはまた別の機会にしておこう。

しかし、それで最終的に男女の仲になって子供まで儲けているのだ。二人共イスナの言う通り豪快な性格をしているというのは間違いなさそうだ。

ますますフィーアのイメージからは離れていくな……。

そう考えていると、前触れもなく入口の扉が数度叩かれた。

会話が続いていれば危うく聞き逃してしまいそうなほどの小さな音が室内に響く。

「ん？　誰だ？」

扉の向こうにいる人物に向かって声をかける。

こんな時間に尋ねてくるのは、既にいるイスナか、もしくはこの屋敷の実質的な責任者でもあるメイドのロゼくらいしか心当たりがない。

「あの、フィーアです……。先生に、少しお話がありまして……」

予想に反して、扉の向こうから聞こえてきたのは今にも消え入りそうな弱々しいフィーアの声だった。

「フィーアか、こんな時間にどうした？　俺に話？」

予想外の訪問者に少し驚きながらも、椅子から立ち上がって入口の扉を開く。その向こうから現れたフィーアの顔は、声と同じように弱々しく項垂《うなだ》れていた。

「はい……先生にお話といいますか……ご相談したいことが……」

「相談？　……分かった。じゃあ、とりあえず中に入ってくれ」

そうしないと今にもどこかに消え去ってしまいそうな雰囲気のフィーアを室内に迎え入れる。

「はい、失礼します……」

フィーアは今朝と同じような重たい足取りで椅子へと向かって歩く。そのまま椅子の側まで辿り着き、力を失って倒れ込むように腰掛けた。

相談とやらがどんな内容なのかは分からないが、あまり良い話ではなさそうだというのが明白な雰囲気を醸し出している。

「ほら、これでも飲みなさい。落ち着くわよ」

イスナも不穏な雰囲気を察したのか、気遣うような言葉と共にフィーアの前に置いたカップにお茶を注ぎ始めた。

温かい紅茶から白い湯気が立ち上り、フィーアの顔を覆う。

「はい、ありがとうございます……」

フィーアは礼だけ言うと、それに手をつけることなく顔を伏せる。

何故イスナがこんな時間に俺の部屋にいるのか、そのことにすら気が回っていなさそうだ。

「それで、どうしたんだ？」

さっきまで座っていた椅子に再び腰掛けて、机を挟んで反対側にいるフィーアへと改めて尋ねる。

フィーアはすぐには答えずに、黙ったまま、液面に映っている自分の顔を生気のない表情で見つめている。

相談というのはどういう性質の話なのか、概ね想像はつく。

それでも迂闊に俺から踏み込むことはせずに、今はフィーアのほうから話してくれるのを待つことにする。

お茶を淹れ終えて、再び隣へと戻ってきたイスナも神妙な表情で妹の姿を見ている。

「私……」

数分程の沈黙の後に、フィーアがゆっくりとその口を開いて喋り始めた。

「どうすればいいんでしょうか……」

「……それは随分漠然とした相談だな」

だが、言いたいことは痛いほどに伝わってくる。

どれだけ頑張っても全く先に進むことができない自分への苛立ち、姉妹たちが自分を置いて先へ先へと進んでいくことへの不安。

それらが集約されて今の言葉になったんだろう。

「ごめんなさい。でも、本当にどうすればいいのか分からなくなってしまいまして……」

顔を伏せる角度が更に深くなり、その頭にある普段はふわふわと柔らかそうな髪の毛も心なしかいつもより重たそうに見える。

かなり思いつめてしまっているようだ。

「そうか、分からなくなったか……」

「はい、何も分からなくなりました……」

「……ということは、分からなくなるまでは、何かはっきりとした目標があったのか？」

「はい……私は……お母さんみたいになりたかったんです……」

下手すれば呼吸の音にかき消されてしまいそうなほどのか細い声でフィーアが呟く。

フィーアの母親。それが目の前で項垂れているこの少女とは、何をとってもまるっきり正反対の人だというのはさっき聞いたばかりだ。

「強くて……いつも自信に溢れていて……色んな人に慕われているお母さんみたいに……」

声を震わせながら、フィーアが続ける。

「でも……、私には無理なんだって、今朝分かってしまいました……」

遂に感情が抑えきれなくなったのかぽろぽろと大粒の涙を机の上に零し始めた。

「私……には……ひぐっ、フェムちゃんみたいな魔法の……才能も、サンちゃんみたいな運動……神経も……ないどころか……。イスナ姉さんに……頑張っても教えてもらっても……簡単な魔法さえ碌に使えないことが分かってしまって……ひぐっ……もう目の前が真っ暗で、何も分からなくなってしまいました……」

静かな部屋に嗚咽の混じった泣き声が響く。

年上の二人ならまだしも、同じ年のサンと年下のフェムがあっという間にその才能を開花させていく中で、自分だけがずっと同じ場所で足踏みしている。

いつもニコニコと朗らかな笑みを浮かべている裏で、フィーアがそこまで思い詰めるほどの強い劣等感や焦燥感を覚えていたことに気が付かなかったのは俺の失態だ。

「なので、もう……みんなや先生のご迷惑にならないように、お家に帰ろうかと……」

「ちょ、ちょっと！　何を言い出すのよ！　あんたは！」

イスナが立ち上がり、声を荒げる。

「だって……」

「だってじゃないわよ！　途中で逃げ帰るなんて、それこそお父様やノイン様、それにこの人の顔に泥を塗ることになるわよ⁉」

イスナが更に声を荒げて、フィーアを激しく叱責する。

「イスナ、落ち着け」

「でも！」

「いいから、落ち着くんだ」

「……はい」

二度目の忠告で、イスナが大人しく座る。

イスナの気持ちは分かるが、フィーアも生半可な気持ちでその選択を口にしたわけではないことも分かる。

だからといって教育係を務める身としては黙ってそれを受け入れるわけにもいかない。

「確かにフィーア……お前にはサンのような武術もフェムのような魔法の才能もない」

言葉を濁さずに、はっきりと告げる。

それはもう誰の目から見ても明らかで、どうしようもない現実だ。

「やっぱり……そう……ですよね……」

フィーアは更にしゅんと落ち込むが、俺はもちろんこの子に引導を渡すためにそう言ったわけではない。

むしろ、それがこの子のためになるからと思ったからこそはっきりと告げた。

「でも、俺はフィーアがそれに気づけたのは良かったと思っている」

「え？　よかっ……？」

フィーアはまさか俺の口からそんな言葉が出てくるとは思わなかったのか、それを確認するように顔を上げた。

その目は真っ赤に腫れ、頬には涙の流れた跡がくっきりと残っている。

「自分が苦手なことを自覚するってのは、得意なことを見つけるくらいに大事だ。しかも、フィーアはこれまでずっと真剣に向かい合って、その上で認められたんだからな」

　俺の知る限りにおいても、この子は不得手なりに必死に努力を積み重ねていた。それが実を結ぶことこそなかったが無駄だったわけではない。

「その経験は間違いなく今後の糧になるし、本当に得意なことを見つけるためにも役立つはずだ」

「でも……お母さんみたいには……」

「フィーアの中で母親みたいになるってのは、その足跡をそっくりそのままたどるってことなのか？　フィーアは母親が単に腕っぷしに優れているところだけに憧れたのか？」

　その本質が自信に溢れていて誰からも慕われている母親であるなら、それを裏付けるものが武術や魔法に限る必要はないはずだ。

　泣きはらして真っ赤になった目を見据えながら、更に続けていく。

「俺には今のお前は、一つの道ばかりに目を向けて、それ以外の可能性を自分から潰しているようにしか見えない」

　道は決して一つではない。かつての自分の姿と眼の前にいる弱々しい少女を重ねながら言葉を紡いでいく。

　俺が新たに選んだ道は、かつてのそれよりも遥かに険しく、誰からの理解も得られない道かもしれない。

　それでも諦めて後悔を抱えたまま生きていくことだけはしたくなかった。

　だから、この子にもできれば悔いのない選択をしてもらいたい。

「でも……他の道があるかどうか……」

「確かに、それは分からないな……。でも、お前がそれを見つける手助けをするために、俺が今ここにいることだけは確かだ」

フィーアの悩みに対して、どこまでいっても他者でしかない俺のできることは限られているかもしれない。

でも、一緒に立ち止まって、周りを見渡してやることくらいはできる。それこそが教育係としての大事な役割であると俺は思っている。

「だから、もう少しだけ一緒に頑張ってみないか？」

「一緒に……」

「ああ、それとも俺だけじゃ不安か？」

そう尋ねると、フィーアはふるふると首を小さく左右に振った。

「……この人だけじゃないわよ。私も手伝ってあげるから、早く泣き止みなさい。それと……さっきは怒鳴って悪かったわね……」

「イスナ姉さん……私のほうこそ、ごめんなさい……」

「いいから、ほら……早く飲まないと冷めて美味しくなくなっちゃうわよ」

イスナがカップを指先で押して、フィーアの側へと寄せる。

言葉や態度こそきつい時はあるが、ちゃんと姉として妹たちのことを大事に思っているというのがよく分かる。

イスナに促されたフィーアは、服の裾で目を擦ってから、まだ僅かに湯気の立ち上るカップの持ち手を摘んだ。

そして、何かを決心したように、それをぐっと一気に飲み干した。

「……美味しいです」

「でしょ？　私の淹れたお茶を飲めば、嫌な気分も綺麗さっぱりなくなっちゃうのよ。貴方は私たち姉妹の癒やし担当なんだから、しょげられるとこっちも困るのよ」

イスナはそう言いながら、空になったフィーアのカップにおかわりを注いでいる。

この言葉通りの嫌な気分もすぐにすっ飛びそうな紅茶の良い香りが、湯気に乗って鼻へと運ばれてくる。

「まだ、頑張れそうか？」

もう一度尋ねると、フィーアは二杯目の紅茶に口をつけながら小さく頷いた。

“ ”

フィーアの相談に乗った翌朝。

俺はフェムにそうしたように、次はしばらくフィーアに付きっきりで指導をすることを提案した。

それでもフィーアはフェムとは違い、わがままを言っているだけの自分が姉妹にも与えられるべき時間を取るわけにはいかないとそれを固辞した。

そんなフィーアらしい意思を俺も尊重して受け入れ、それならと朝練はいつものように皆で行いつつ、夕食から就寝までの時間を使ってフィーアの適性を探っていくことにした。

翌日の授業の準備などに使う時間は削られてしまうが、それは俺の睡眠時間を減らせば問題ない。

そして、その日の行程をつつがなく終えた日暮れ。

夕食を取り終えた後、約束通りにフィーアと二人で裏手の広場へとやってきた。

「よし、それじゃあやるか！」

「はい！　やります！」

日の出ている時間とはまた違った印象を受ける薄暗い広場で、昨日とは違う元気の良い返事が返ってくる。

今から行うのはとにかく色々なことに触れさせて、その中で少しでもフィーアに適性のありそうなことを探すという力技だ。

心身ともに大きな負担がかかることは間違いないので、空元気もあるかもしれないが多少は持ち直してくれたのなら何よりだ。

「じゃあ、最初はこいつから行くか」

最初に選んだのは弓術。

武術の中では比較的に体術への依存度は低く、これならばフィーアでもできるかもしれないと思って選んでみた。

「弓ですね……やったことはないですけど、頑張ります！」

「良い意気だ。それじゃあ、まずは……」

フィーアに手取り足取り弓の使い方を教えていく。

それから少し時間をかけて、なんとか矢をつがえてそれっぽく構えるところまでは到達した。

「よし……それじゃあ早速、あの木を狙って射ってみるか……と言っても、最初は届かなくても大丈夫だからな。気楽にやってみろ」

「は、はい！　気楽に……気楽に……」

灯りの下、緊張した面持ちで俺が教えた通りに弓に矢をつがえるフィーア。その顔にはうっすらと汗が浮かんでいる。

一応形はそれっぽくできているが、最初から成功するとは思っていない。無論、成功するに越したことはないが、最初は前に飛べばそれで十分だ。

そう考えながら、木にもたれかかって真横からフィーアの第一射を見守る。

「い、いきます……」

フィーアが弦を引き絞る。

「えいっ!!」

威勢のよい掛け声と共に手が離され、弓から矢が放たれた。

直後、ドスっという硬いものに矢が突き刺さる音……が何故か俺の頭上から聞こえた。

「……ん？」

「あれ……？」

二人分の困惑の声が魔法道具による明かりによって照らされた広場に響く。

木にもたれかかった体勢のまま、視線だけを上に向けると、俺の頭の上を掠めるように矢が木に深々と突き刺さっていた。

「よし、弓は止めて次に行くか」

とりあえず、そう言うしかなかった。このまま続けさせたら命がいくつあっても足りない。

「うぅ……先生、ごめんなさい……」

「だ、大丈夫だ。フィーア、世の中にはまだ色んなものがあるからな！」

いきなり大失敗をして気落ちするフィーアを励ます。

最初はダメでも長い目で見れば芽が出ることもあるかもしれないが、今はとにかく多くに触れさせていくのが重要だ。

「気を取り直して……次は剣術だ」

「け、剣術……」

武術系に関してはやはり大きな苦手意識があるのか、その単語を聞いたフィーアが少し渋い顔をする。

確かに身体能力的には厳しいかもしれないが、もしかしたらとんでもない才能を秘めているかもしれない。

「それじゃあ、まずは剣の持ち方から――」

「ん？　こんな時間に二人で何をしているんだ？」

フィーアにまずは剣の持ち方から説明しようとした時、照明から発せられる明かりが届いていない薄い暗闇の向こう側から聞き覚えのある声が響いた。

「あっ……アンナ姉さん、こんばんはです」

夜目が利くのか、俺がその声の主を認識するよりも先にフィーアがそう言った。

それから一拍遅れて、暗闇の中から炎のような真っ赤な髪の毛の少女が姿を現した。

「ああ……誰かと思ったら、アンナか」

「そうだが……君らはこんな時間に何をしているんだ？」

アンナは同じ問いかけを繰り返しながら、珍しい物でも見るような目で俺たちを見ている。

「えっと、今から先生に剣術のお稽古をつけてもらうところでして……」

「フィーアが剣術……？　ふむ……」

アンナはそう言いながら、剣を持つフィーアへと近寄ってじろじろと観察しはじめた。

「怪我をする前に止めておいたほうがいい。人には向き不向きというものがある」

それから続けて、ばっさりと切り捨てるようにそう言った。

「でも……やってみないと……」

「いや、見れば分かる。君ではそれに振り回されるだけだ」

妹へと向かって、更に歯に衣着せずにはっきりと言い切るアンナ。

確かに、こうして剣を持っている姿を見ているだけでも既にどことなく危なっかしさがある。

アンナの言い方は少し直接的すぎるが、間違ったことは言っていない。

「確かにな……。じゃあ、そこまで言うならアンナはフィーアには何が向いていると思う?」

「フィーアに……? ふむ、そうだな……」

顎に手を当てて、考え込むような仕草をするアンナ。

いつもは他の姉妹から一歩引いたような立ち位置にいる彼女だが、その視点から何か面白いアイディアが出てくるかもしれない。

「私と違って可愛げがあるからな。誰かに嫁入りするのが向いているんじゃないか?」

アンナは悪戯な笑みを浮かべながら言った。

「お、およっ!? お嫁さん!?」

「相手はそうだな……。例えば、フレイなんかはどうだろうか?」

「せ、先生の!?」

「こら、真に受けるな」

長女の悪質な冗談を真に受けて顔を真っ赤にしている四女を諫める。

「ははは、まあ半分は冗談というわけでもないがな」

「あんまり妹をからかってやるな……。それで、お前こそこんな時間に外で何をしてるんだ?」

「ん? 私か? 見ての通り、私も剣術の訓練だ」

両手を広げて主張するアンナの腰には二本の剣が携えられている。

なるほど、そういえば以前も夕暮れ時の森で一人で剣術の稽古をしていたな。今日もまたああして一人で木を斬り倒してたってわけか。

「なるほどな。それならどうだ？　お前も俺たちと一緒にやってくか？」

「いいや、遠慮しておく。私は一人のほうが性に合ってるのでな」

未だに掴みどころのないこの長女と距離を縮める良い機会かもしれないと思って誘うが、あっさりと断られてしまう。

「では、そろそろ失礼する」

そう言うと、アンナはそのまま俺たちに背を向けて、またすぐに灯りの届かない闇の中へと消えていった。

「……なかなか手ごわいな」

その背中を見送りながら呟く。

断り方こそやんわりとしていたが、あれは俺だけでなく姉妹に対してすら明確にこれ以上は踏み込んでくるなという拒絶の一線を引いている態度だ。

試験まで残された時間はそう長くはない、それまでになんとかこっちに引きずり込みたいが、あれはかなり手ごわそうだ。

「お嫁さん……お嫁さん……」

アンナのことを考えながら隣へと視線を移すと、そこではフィーアがまだ赤く染まった頬を両手で押さえながら、うわ言のように同じ言葉を繰り返していた。

アンナも気になるが、まずはこっちのほうをどうにかしないとな……。

ちなみに剣術は案の定、全くダメだった。

姉妹たちの居住区域へと向かう長い廊下をフィーアと並んで歩く。

「はぅ……やっぱり身体を動かすのは難しいです……」

「まあ、そう気を落とすな。また明日からも続くんだからな」

肩を落としながらトボトボと歩くフィーアを励ます。

まだ明日からも多くのことに挑戦するのだから、初日からそこまで気落ちされては困る。

「はい……あっ！　わわっ！」

「おっと……危ないな……」

返事をした直後、何もない場所で躓きかけたフィーアの身体を支えると、腕に女性特有のなんとも言えない柔らかさと重みが伝わってくる。

「ご、ごめんなさい……」

「全く……お前は本当によくコケそうになるな……。もう少し気をつけろよ。それとも……まさか、歩くのも難しいなんて言わないよな？」

「え？　歩くのって難しくない……ですか？」

「は？」

冗談で言ったつもりだった言葉が存外真剣な口調で返され、思わず呆けた声が口から漏れる。

「えっと……その……骨盤を中心軸にしながら片足を上げて、もう片方の足で支えながら、重心を前に移動して、上げた足を下ろす時にかかとからつま先に体重移動をして――」

フィーアが少し早口で二足歩行の詳細を語り始める。

「……って、するの難しくないですか？」

最後に大真面目な顔でそう尋ねてきた。

フィーアなりの変わった冗談でも言っているのかと思ったが、その顔は真剣そのもので冗談を言っているようには全く見えない。

「い、いや……そこまで深く考えたことはなかったな……」

確かに四足歩行と比べて二足歩行は高等な歩行様式だという話はある。

でも、どれだけ難しいと言ってもそれは自然と身体が覚えるもので、そこまで考えながらやるようなものではないはずだ。

あまりに大真面目に言うから一瞬、俺のほうがおかしいのかと思いかけたが、そうではないはずだ。

「そうなんですか……」

「今日はちょっと疲れてるんじゃないか？　部屋に戻ったらすぐに寝たほうがいいぞ」

きっと疲労で考えが変な方向に行っているだけだろう。そう考えて、これ以上この妙な話を続けることを止める。

「はい……そうします……」

また肩を大きく落として歩き始めたフィーアをその自室まで送り届ける。

その僅かな間にも、フィーアはさっきの言葉を体現するかのように、何もないところで何度もコケかけていた。

〝〟


翌日の夕刻、再びフィーアのできること探しを今度は屋内でできることに絞って挑戦していく。

まずは杖をはじめとした魔法道具の製作などに関わる魔法科学。

人間界では日進月歩の進歩を遂げている分野であり、もしこの方面での才能があればそれは武術や魔法に勝るとも劣らない。

更には俺の得意分野でもあるので、僅かでも光る物があれば一気に伸ばしてやれるかもしれない。

「えっと……これと……これを混ぜて……こっちを……あれ？　色が紫に……わわっ！　何か膨らんで！　煙が！　あっ！」

「屋敷を爆発する前にやめておこうか……」

ダメだった。


次は趣向を変えて料理に挑戦。

美味しい料理というのは味方の士気を上げることができる。すなわち立派な才能の一つだ。

特別講師のイスナとロゼも呼んで準備も万端。いざ挑戦だ。

「あうぅ……指が……」

「ちょっと誰かー！　救急箱持ってきてー！」

「フィーア様の指が四本になる前にやめておきましょう」

うん、そうだな。


それから数日間、フィーアには思いついたものから手あたり次第、様々な物事に挑戦してもらった。

しかし、どれだけ挑戦を重ねていってもこれと言って手応えの感じるものは見つかることなく、ただ時間だけが過ぎていった。

「参ったな……」

久しぶりに取った休日の夜、自室の椅子に座りながら頭を抱える。

あれだけ格好つけて啖呵を切ったものの、未だにフィーアに合う何かというものを見つけられずにいる。

試験まではもうそんなに長い時間が残されているわけではない。そろそろ何かを掴まなければ間に合わないかもしれない。

もちろん、全てが試験のためというわけではないが、まずはそれに合格しなければ先へ進むことができないのも事実だ。

全く才能のない子なんていうわけがないと言いたいところだが、実際に何も見つからないので焦燥感だけが募っていく。

「もう……貴方までそんなに思いつめないでよ……」

いつの間にか俺の部屋に居着いてしまっているイスナが机越しに話しかけてくる。

寝る時こそ自室に戻っているが、若い女性が夜に男の部屋に入り浸るのはあまり好ましくないのではないかと思うが、今はそんなことにツッコミを入れる気力も湧いてこない。

「そうだ！　ねぇ、あれでもやって気分転換しましょうよ！」

そんな俺の心境を知ってか知らずか、イスナは自分で淹れたお茶を一口呑んだ後に笑顔で言った。

「あれ？　ああ、あれか……」

少し考えて、イスナの言うあれが人間界で幅広く遊ばれている盤上遊戯を示していることに思い至る。

自分の気分転換用にとロゼに言って用意してもらったものだったが、物珍しさに少し触れたイスナがドハマりしてしまったらしい。

「ね？　いいでしょ？」

「ったく……少しだけだぞ……」

甘えるようなその仕草と声に押されて、渋々棚から道具一式を取り出す。

机の上に盤を置いて、その上に王や歩兵など、軍隊をモデルにした駒を並べていく。

「さーて、今日こそ勝つわよ……」

胸をぷるんぷるんと揺らしながら気合を入れているイスナ。

その姿を見ながら、今日はどのくらい手加減してやればいいだろうかと考えていると、不意に入口の扉がコンコンと数度叩かれる。

「フィーアか？」

「あ、はい……。入っても大丈夫でしょうか……？」

扉の向こうへと呼びかけると、すぐにそれに応じる声が聞こえてくる。もしやと思ったが当たっていたようだ。

「ああ、大丈夫だぞ」

「はい、お邪魔します……」

覇気のない声と共に、扉を開いてフィーアが入室してくる。

連日の訓練で疲労が溜まっているのか、それともまた先が見えないことに精神的にも疲弊し始めているのか、その顔にはまた若干の陰が落ちている。

「今日はどうしたんだ？　また何か相談か？」

まさか、やっぱりお家に帰るだなんて言い出さないよなと内心で身構えながら尋ねる。

「えっと……特に用事があるわけではないんですけど……その……」

「そうか、まあ取り敢えず座ったらどうだ？」

話がネガティブな方向に行く前に、立ったまま所在なげにしているフィーアを座るように促す。

「はい、失礼します……。あの……ところで、これは何でしょうか？」

俺の隣に座ったフィーアが、机の上に並べられた盤と駒に興味を示す。

「人間界の遊びよ。どう？　貴方もやってみる？」

俺が説明する前に答えるイスナ。もはや自分がこの時間にここにいるのが当然であるかのように振る舞っている。

「人間さんの……、でも私には難しそうです……」

「そんなことはないぞ。遊び方自体は単純だからルールさえ覚えれば誰にでもできる。気晴らしにもなるし、やってみないか？」

「そうなんですか……。では、せっかくなので……」

興味を持ってくれたのか、それとも誘いを断れなかったのかは分からないが、フィーアはすんなりと応じる。

「じゃあ、フィーア。まずは私とやりましょう。教えてあげるわ」

「は、はい。お願いします……」

イスナに促されるまま、フィーアは少し困惑気味に盤の前へと移動する。

そのままイスナから各駒の動かし方や勝敗の付け方などの簡単な説明を受けていく。

「——とまあ、こんな感じね。基本的なことは簡単だからもう覚えられたでしょ？」

「えっと、はい……覚えました。多分……」

フィーアは自信なさげにそう呟くが、サンと違って物覚えが悪いわけではないのでこのくらいのルールを覚えることは容易いだろう。

「じゃあ、やるわよ。初めてだし先攻は譲ってあげるわ」

「はい、えっと……えーっと……。この小さな駒は前に動けて……」

フィーアが熟考の末に、拙い手付きで歩兵の駒を動かした。

「じゃあ、私はこうね」

続いてイスナの手番になると、彼女は特に考えることもなく手拍子で同じように歩兵の駒を動かす。

奥深いゲームではあるが序盤の動きは大きくいくつかに体系化されているので、フィーアを舐めているわけではない。

それでも飲み込みの早かったイスナは既に人間界基準で言えば低段位くらいの実力はある。多少は手加減しないと、あっという間に終わってしまうだろう。

あまり手を抜けるような性格には見えないので、少し心配になってくる。

「うぅ……これが……こうで……」

再びフィーアの手番に戻ってくる。今度はさっきよりも少し短い思考の末に駒を動かした。

見たことのない二手目だが、何か意図があるわけではなく初心者故のことだろう。初めてということもあるので横やりは入れずに見守ることにしよう。

「いえ～い！　騎士、討ち取ったり～！」

「あっ……騎士さんが取られちゃいました……」

大駒であるフィーアの騎士がイスナの弓兵によって、すんなりと取られてしまう。

「おいおい……初心者相手なんだからもう少し手加減してやれよ……」

「し、してるわよ……」

イスナは少し噛み気味に取り繕っているが非常に怪しい。案の定というべきか、盤面のことに夢中になりすぎて相手が初心者であることを忘れていたようにしか見えない。

「えっと、これは斜めに動けて……」

一方、フィーアは大駒を取られたことをあまり気にする様子も見せずに、のんびりと駒の動き方を再確認している。

その顔からは部屋に入って来た時の重苦しさが少し抜けているように見える。息抜きとして誘ったことが功を奏してくれたようだ。

「ふふん、もう大勢は決まってるわよ。大駒は離して打てってのを覚えておくといいわよ」

大人気なく勝ち誇りながら偉そうに助言を施すイスナ。

「大駒は離して……なるほどです……」

一方のフィーアは感心するようにそう呟きながら、虚ろな目でじっと盤上を見つめている。

その後もイスナが優勢のまま、両者の戦いは進行していく。

「ん？　随分と変なところに打つわね……」

対局の終盤、フィーアが打った魔法使いの駒に対してイスナが首を傾げる。

「あはは……まだよく分からなくて……」

その意図を理解しかねているイスナに向かって、フィーアはバツの悪そうな笑みを浮かべている。

確かに一見すると無意味な一手だが、何か妙な違和感もある。

それが何なのかまでは分からないが、単なる初心者故の一手と切り捨てることもできない。そう考えながら、現在の盤面を深く読み解いていく。

その間にもイスナは自分の勝勢を崩さずに、適度に手加減をしながら一手、また一手と手番を進めていく。

そして、あの妙な一打から十手が進んだところで気がつく。

ん？　もしかして……これは……。

駒が打たれていくパチパチという気持ちの良い音が加速していく。

最初から手拍子で打っていたイスナだけでなく、いつの間にかフィーアもほぼ思考時間なしで打っている。

二人はまるで見えない何かに操られているように、俺が読み解いた形を目指して駒を並べていく。

「え？　あ……あれ……？」

手番が更に進むにつれて、イスナもようやく自身の軍勢に起こっている異変に気がついてしまったようだ。

その顔からは一手毎に余裕の色が徐々に失われていき、代わりに焦りを色濃くしていく。

「う、嘘……な、ない……？」

自分の軍勢が完全に敵の手のひらの上であることにイスナが気づいた時には手遅れだった。彼女の王はその逃げ場を完全に失ってしまっている。

「あのー……？　イスナ姉さん？　どうしましたか……？」

フィーアが対面で固まってしまっているイスナの顔を無垢な表情で覗き込む。

イスナはまるで凍ってしまったかのように尻尾すらピクリとも動かさずに、目を大きく見開いて盤

面を見つめている。

「も……」

「も？」

「もう一回よ！　今のは手加減しすぎたのよ！　そうよ！　そうに決まってるわ！」

イスナが人差し指を立てた手を突き出して、フィーアに再戦を申し込む。

「え？　もう一回って……これはどうすればいいんでしょうか？」

そんなイスナとは対照的に、フィーアはこの一戦が既に終わっていることにすら気づかずに首を傾げている。

「これはお前の勝ちだ。だから、駒を並べ直して再戦だってよ」

「え？　私、勝っちゃったんですか？　イスナ姉さんに？」

勝ったという実感が全くないのか、フィーアは嬉しさよりも困惑のほうが色濃い反応を見せる。

「た、たまたまよ！　次は手加減なしなんだからね！」

「は、はい！　えっと……確か最初は……」

負けて再戦を求めている側とは思えないイスナの圧に押されたフィーアが、初心者特有の不慣れな手付きで駒を初期配置へと並べ直していく。

あの一手から最後の決着までの流れ、完璧に相手の動きを読み切っていないとできる芸当じゃない。

だが、初心者のフィーアがそんなことをできるとは思えない。

そうなるとイスナのミスと初心者特有のめちゃくちゃな打ち回しによって生まれたただの偶然だっ

たんだろうか……。

「いくわよ！　今度は、ちょっとだけ！　ほんのちょっとだけ手加減抜きでやるわよ！」

「は、はい……」

溢れんばかりの血気を剥き出しにするイスナと、それに押されて若干怯えているように見えるフィーア。

手番が進み、盤面での有利不利が明確になってくるとそんな二人の表情の差も逆転していく。

パチパチと駒を盤面に打つ小気味の良い音が鳴る度に、イスナの頭と尻尾の位置が徐々に下がっていく。

尻尾が地面に着く頃には盤面は見るも無残な有様になっていた。

「ない……逃げ場が……ない……」

再び、イスナの王は完全に包囲され、逃げ場を失ってしまった。

「あれ？　これも終わりなんですか？」

「あ、ああ……、お前の勝ちだ……」

今回は前回の半分以下の時間で決着がついた。

「も、もう一回……」

イスナが震える声で再々戦を申し込む。

その目は大きく見開かれ、何かありえないものでも見たような動揺が浮かんでいる。

自分では確認できないが、俺も今似たような目をしているのだろう。これは低確率の偶然が二度続いた奇跡なのか、あるいは……。

「は、はい……私でいいなら……」

先程の追想を見ているかのように、またフィーアが不慣れな手付きで盤面を元に戻し始める。

すぐに始まった次の一戦は更に半分の時間で終わった。もちろんフィーアの勝利でだ。

「あは……あはは……あははは……」

イスナはその整った顔立ちを残念なほどに呆けさせて、前回よりも更に無残な状態になった盤面を見つめながら壊れたように笑っている。

「あのー……これも私の勝ちなんでしょうか……?」

一方で、フィーアの方はまだルールが分かりきっていないのか、自分の勝利を理解しきれていないようだ。

「フィーア、一つ聞いてもいいか?」

放心状態のイスナはとりあえず放っておいて、盤の上にあの時の状況を再現していく。

「え? はい……どうぞ……」

「この場面なんだが……、どうしてここに魔法使いを打ったんだ?」

それはイスナとの一戦目。まだ駒の動かし方もおぼついていないフィーアが打った謎の一手。

一見、何の意味もないように見える一手だが、その後の大逆転の起点となったのは間違いなくこの一手だった。

「えっと……それは、そのですね……ん〜、なんと言えばいいのか難しいです……」

「思った通りのことで構わないから教えてくれないか?」

頭を抱えながら、なんとかその意図を言語化しようと苦心しているフィーアに対して言う。

「あの……なんとなく、そこにそれがあるのが一番収まりが良い感じがしたといいますか……」

「収まりが良い?」

そう言われて見ても、正直俺にはさっぱり分からないし、未だに単なる奇妙な一手にしか見えない。

しかし、その奇妙な手がその後に盤面を完全に支配することになったのも確かだ。

「はい……そうとしか言えなくて……その……ごめんなさい……」

フィーアが申し訳なさそうに謝罪してくる。

闇雲に打ったわけではなく、何らかの感覚に基づいているものであるということは分かった。

それが一度や二度ならともかく、三度目となると最早偶然では片付けられないことも。

「交代! ダーリン、交代!」

フィーアの言葉について考えていると、いきなり正気に戻ったイスナが俺の服を掴んで揺すりながら喚き始めた。

「ちょ、おい! 服を引っ張るな!」

「お願いダーリン! 私の仇を取って!」

初心者のフィーアに負けたことがよっぽど悔しかったのか、イスナが目に涙を浮かべながら懇願してくる。

「わ、分かった! 分かったからその呼び方はやめろ!」

イスナを引き剥がしてフィーアの対面に座り直す。

仇討ちのつもりは毛頭ないが、目の前でこんなものを見せられては一打ち手として黙っているわけにはいかない。

「フィーア、次は俺とやってくれるか？」

「えっ？　は、はい！　お手柔らかにお願いします……」

そう言って小さくお辞儀をするフィーアが、今の俺には可愛らしい見た目の皮を被った得体の知れない何かに見えてしまう。

再び駒を初期配置へと戻し、フィーアの先攻で勝負が開始された。

パチパチと二人で交互に駒を打つ音が鳴り響く。

手堅い定石通りの打ち筋で進める俺に対して、フィーアは全く型に嵌っていない見たこともない打ち筋で対応してくる。

それは一見すると、初心者特有のめちゃくちゃな打ち回し。

しかし、それはまるで外の世界での重荷から解き放たれて、この小さな盤の世界で楽しそうに飛び回っているようにも見える。

まあ、だからと言ってそうやすやすと負けてやるわけにもいかない。

もし、これがフィーアの才能の一端だというのなら全力でぶつかってやるのが礼儀だ。

互いに大きく仕掛けないまま、一進一退の攻防を繰り広げ、勝負は中盤戦に差し掛かる。

この状態だと勝負は長くなりそうだ……と考えた矢先――

フィーアがいきなり勝負を仕掛けてきた。

俺の王に対して、早くも詰ませるための攻勢をかけてくる。

流石にまだ早すぎるし、まだ詰むことはない。これを凌ぎきれば、俺の勝利はほぼ確定する。

そう考えて、自軍の駒を総動員して受けに回る。

必死で受ける俺に対して、フィーアはまた生気のない虚ろな目で盤面をじっと見据えながら淡々と駒を打ち続けてくる。

そして、どれくらいそうしていたかも分からなくなるほどの長い攻防の末に――

「これ……終わったの……？」

盤上を見つめるイスナが、小さな声でどちらにでもなく聞いた。

「ああ、終わった……」

死屍累々の戦場跡と見紛うほどの激しい戦いが繰り広げられた盤面。

結果はなんとか受けきった俺の勝利で終わったが、ほんの僅かな差、まさに紙一重の勝利だった。

全回転させた脳は完全に疲弊し、手のひらが汗でしっとりと濡れていることに気がつく。

盤上のことであるとはいえ、一対一の戦いでここまで出し切ったのはいつ以来だろうか、呼吸までかなり乱れてしまっている。

一方でフィーアは、まだこの場で何が起きたのかよく分かっていないような表情で盤上を見つめている。

後ほんの僅かな経験と理がフィーアにあれば負けていたのは俺のほうだった。

それは逆に言えば、それ以外の能力だけでここまで追い込まれたということだ。

もう数回……いや、早ければ次には敵わないかもしれない。

再び盤面に視線を向け、フィーアが言っていた『収まりが良い』という言葉を思い出す。

この類を見ないめちゃくちゃな盤面は、積み重ねた理ではなく、ただひたすらにその感覚だけに任せて作られたものであるということらしい。

その感覚がどういうものであるのかはフィーアとの一局を終えた今でも全く理解できないし、これから理解できる気も全くしない。

敢えてそれを言葉にするなら、人智を超えた大局観とでも呼ぶべきだろうか。

そして、それこそがこれまで見つけることのできなかったフィーアの持つ才能である可能性がある。

「フィーア、貴方やるじゃないの！」

まだ呆然としているフィーアの代わりにイスナが喜ぶ声が室内に響く。

それでようやく、部屋中に満ちていた張り詰めていた緊張が解かれていく。

「でも、負けちゃいました……」

「何を言ってるのよ。まだほんの数回やっただけでダーリンをここまで追い込めるなんてすごいわよ。まさか貴方にこんな才能があったなんてね」

「才能……」

イスナが紡いだその単語に対して、フィーアは複雑そうな顔を見せる。

「そうよ。もしかしたら次くらいには勝てちゃうんじゃないかしら」

「でも……結局は遊びです……」

そう言って、少し不満げに顔を伏せるフィーア。

言葉にこそしていないが、才能があるなら他の姉妹たちのようなものが良かったと思っているのは明らかだ。

「わ、分からないわよ。将来的には魔族の世界でも大流行して、これで食べていけるようになったりするかもしれないし……」

気落ちするフィーアに対して慰めるような言葉をかけるイスナだが、その口ぶりからは結局のところ、これはただの遊びで、今のところは何かの役に立つとは思っていないようだ。

それも無理はないが、俺の考えは二人とは全く違っていた。

このゲームがただの遊びではなく、一部の学問においては重要な教材の一つとして扱われていることを知っているからだ。

「なあ、フィーア。明日、もう一度この時間に俺の部屋に来てくれないか？」

「え？　明日……ですか？」

「ああ、そうだ。今度は二人きりで話したいことがある」

「ふ、二人きりで!?　どういうこと!?　なんで私がいちゃダメなの!?　まさか浮気!?　なんでなんでなんでよ!!」

「……真面目な話だから少し静かにしててくれ」

何故か喚き始めたイスナを諫める。まったくこいつは……。

「はい……ごめんなさい……」

「……というわけで、フィーア。明日も来てくれるな？」

「は、はい……先生が言うのでしたら……」

「よし、じゃあ今日はもう解散だ。明日に向けて自分の部屋でゆっくり休め……イスナもな」

そう言って、まだ自分の秘めたる真価に全く気づいていないフィーアと、拗ねた振りをして俺のベッドに潜り込もうとしていたイスナを部屋から出て行かせる。

〝

翌日、日々の行程を終えて、夕食後にはいつもの調子でしれっと部屋に来たイスナを追い払った後――俺は自室で再び盤を挟んでフィーアと向き合っていた。

「ふぅ……ないな……」

その結果は俺の敗北。

昨日ほど集中できていなかったとはいえ、まさか本当に次でこんなにあっさりと負けるとは思わなかった。

やはりこれこそが天からフィーアに与えられた才能なんだということを確信できた。

「あの……先生？　私が呼ばれたのはこのためなんでしょうか……？」

フィーアはまだ自分にどんな能力が備わっているのかその真価を理解できていないようだ。俺がこのゲームをするためだけに自分は呼ばれたのかと、不思議そうにしている。

「いや、本題はここからだ。フィーア、こいつを見てもらえるか？」

俺の敗北が刻み込まれた盤を退けて、昨晩二人を帰してから掻き集めた資料の一つを机の上に広げていく。

「見て……？　あのー、これは何ですか……？」

「古い戦闘詳報だ。ロゼに言って用意してもらった人間のものだけどな」

「せんとうしょーほー……ですか？」

「簡単に言えば、大小様々な戦闘に関する記録のことだな」

「はぁ……そうなんですね……」

それと自分に一体何の関係が、と続きそうなほどに興味の薄い反応が返ってくる。

「その中でお前に見て欲しいのは……」

乱暴に扱うと千切れてしまいそうな古い紙を慎重に捲り、目的のものが記されている頁を探していく。

「これだ……これを見て、どう思う？」

そうしてフィーアの前に開いたのは、人間界ではかなり有名なある戦いの状況図。

いくつかの図形や記号などを用いて、各部隊の進行や地形などが記されているものである。

「え、えぇ……どう思うと言われましても……私にはこれが何なのかもさっぱり……」

「それなら地図全体を、この盤面だと思って見たらどうだ？　何か感じるものはないか？」

さっきまで使っていた盤面を示しながら再度尋ねる。

我ながらとんでもないことを言っているとは思う。それでもフィーアは最低限のルールしか知らない状態で、ただ『収まりが良い』という感覚だけに従って、盤上において凄まじい実力を発揮したというのは紛れもない事実だ。

もし俺の考えが正しいのなら、あの能力は盤上のことだけに留まらないはずだ。

「この盤面……ですか？」

「そうだ。何でも良い、共通して感じるようなものが少しでもないか？」

「共通する何か……」

フィーアがそう呟いた直後、どこかにある高い場所から全てを見下ろしているような目で地図を凝視し始める。

姿は普段どおりの可愛らしい少女であるはずにも拘らず、そうなったフィーアは見ているだけで背筋がゾっとするような得体のしれない不気味さがある。

「ここ……ですか？」

フィーアが地図上にある何も描かれていない空白地点をその細い指で示した。

「ここに何か感じるのか？」

「はい……ここに何もないのが気持ち悪いと言いますか……その……」

あやふやな口調とは裏腹に、地図をしっかりと指している指先からは確かな自信のようなものが感じ取れる。

乱暴に扱うと簡単に千切れてしまいそうな古い紙に手を添えて慎重に捲ると、次の頁にある数日程の時間が経過した同じ戦場の状況図が出てきた。

フィーアが指し示した地点には、新たに伏兵がいたことを示す図形と、通りがかった複数の大部隊がその伏兵によって致命的な損害を受けた旨が注釈されていた。

「なるほどな……」

「あのー……ダメ……でしたか……？」

自分がしたことを全く何も分かっていないのか不安げに尋ねてくるフィーア。

一方で俺はそんな彼女に対して、ほとんど恐怖と言っていい名状しがたい感情を抱いていた。

「いや大丈夫だ。次は別の資料を見てもらってもいいか？」

気分的には今すぐにでも『お前はすごい』と言って、その髪をくしゃくしゃに撫でて褒めてやりたいところだが、一つだけではまだ偶然の可能性もある。その能力を自覚させるのは、もう少し試してからだ。

そう考えながら更にいくつかの戦闘詳報を用いてフィーアを試していく。

フィーアはさも当然のように、全ての戦場において転換点となる出来事が起こった地点をピタリと的中させた。

この子に軍略家の才能があることを疑う余地はない。

「あのー……先生？　これは何の訓練なんでしょうか……？」

俺から畏怖に近い感情を抱かれていることも知らずに、フィーアは自分は一体何をやらされているんだろうかと言いたげに訝しげな目で俺を見てくる。

「すまん、教えたいのは山々なんだが……その前に少しだけ考えさせてくれ……」

一体、この丸々とした可愛らしい目にはどんな世界が見えているんだろうか……。

この超常的な大局観に、理が積み重なれば一体どれほどの軍略家になり得るのか……。

そんな考えが頭を過るが、それにピタリとくっつくようにある別の考えがフィーアにその才能を告げることを阻害してくる。

それは戦略を扱う者たちは時として、より多くの者を救うために、その指示一つで数百人あるいは数千人の者を生存の望みのない死地へと冷酷に送り出さねばならないということ。

どんな名軍師と呼ばれた者でさえ例外はなく、自分は安全圏にいることも相まって後ろ指を指されることもある。それは軍師や参謀などと呼ばれる者に与えられる宿命だ。

この優しい子にそんな道を進ませて良いものかという気持ちがある。

「あの……先生？　大丈夫ですか？」

その顔をじっと見ながら心の中で葛藤していると、今度は心配そうに声をかけられる。

「よく分からないんですけど……もしかして、何か私にもできそうなことがあるんでしょうか……？」

フィーアはそんな俺の苦悩を察したかのように、続けてそう問いかけてきた。

「ああ……もしかしたら、お前には戦術や戦略を司る才能があるかもしれない」

あれだけ自分だけが才能に恵まれないことを苦悩していた子にそれを隠すことはできなかったが、まだ断定はしない表現に留める。

「戦略……本当なんですか……？」

「ああ、今試してもらったお前の力は他の姉妹にも劣らない、すごい才能だ。でも――」

焦ってすぐに進む道を決めることはない。そう続けようとした時――

「なら、私やります！」

俺の言葉を遮って、フィーアが屋敷中に響き渡りそうな大きな声で言った。

「フィーア……」

「私にその道を進ませてください！　お願いします！」

「……本当にいいのか？　かなり厳しい道になるぞ？」

「はい！　それが私にできることなら！」

俺を真っ直ぐに見据えるその瞳には、これまでにない力強い意志も浮かんでいる。

それはまるで、その才能、常軌を逸した大局観によって、自分の進むべき道を見つけたようにも見える。

「そうか……分かった……。お前がそこまで言うなら、俺もできる限りはサポートする」

フィーアがパァっと花が咲いたような笑顔を浮かべたのを見て、頭の中にあった葛藤が一瞬にして消失する。

そうだ、教え子がやると言うなら、いくら険しい道であるとはいえ、教師である俺がそれを妨げることがあってはならない。

俺がやるべきはその歩みが止まらないように、しっかりと支えてやるだけだ。

それでも万が一挫折してしまったら、その時はまた隣に立って一緒に周りを見渡してやればいい。

「はい！　よろしくお願いします！　それで……戦略って……まずは何から始めればいいんでしょうか？」

ようやく自分が進むべき道を見つけたのでやる気満々に尋ねてくる。

「まずは……そうだな……」

少し考えながら、棚の前に移動する。

「えーっと、これとこれと、後……これとこれと。それにこれとこれとこれもだな。それからこれに、あー……っと、これも必要だな……」

棚から大量の資料を取り出して机の上にあれもこれもと積んでいく。

「え？　せ、先生？」

「これと……これ……。ここからここまでも全部だし、あれも必要だよな……」

後ろで困惑しているフィーアをとりあえず置いておいて、更に追加の資料を積んでいく。

「よし、まあこんなもんだな」

机の上にはあっという間に資料の山が出来上がり、その向こう側にいるフィーアは頭の上でぴょこんと跳ねている髪の毛しか見えなくなっている。

「こ、これは何ですか……？」

山の向こうから困惑の色濃い声だけが聞こえてくる。

「さっきも見せた戦闘詳報と……後は兵法書の類だな」

「すごい量ですね……」

「ああ、とりあえずお前には今日からひたすらこれらを読んで、全部頭に入れてもらう」

戦術や戦略を司る者には理と理外の勘、その両方が必要になる。

今のフィーアに足りていないのは圧倒的に前者。それを得るにはひたすら先人の書を読んで詰め込んでいくのが最も確実だ。

「ぜ、全部ですか⁉」

「当然だ。戦術や戦略において重要なのはとにかく知識量だからな。ちなみに後でロゼに頼んで用意してもらう分もあるから覚悟しとけよ」

専門ではない俺一人が準備できたのはほんの一部だが、人類の歴史は戦争の歴史だ。軍事にまつわる書物は文字通り山ほどある。

「これ全部……が、頑張ります……」

大量の紙束でできた山の向こう側から、フィーアの引き攣った声が聞こえた。

フィーアの部屋に大量の書類を運んでから一晩明けた朝。

晴れた空の下でイスナと二人で長椅子に腰掛けて、リンとフェムが訓練している姿を眺める。

「でも、まさか……いっつもぽわぽわふにゃふにゃしてるあの子に、そんな才能があるなんて思いもしなかったわ……」

昨日、俺の部屋であった出来事を聞いたイスナが、資料で埋め尽くされたフィーアの部屋がある方向を見ながら感慨深そうに言った。

「俺にも色々と勉強になったよ。もっと柔軟に考えるべきだってな」

専門外であったとはいえ、あの方向性の才能がある可能性については考えていなかった。視野の狭さを諭しておいて、自分の視野も狭くなっていたのは失態としか言いようがない。

今思えばヒントもあった。特に歩くことさえ難しいと言い放った独特の視点は、あの大局観によるものであった可能性が高い。

行き過ぎた大局観は、自分の身体さえも俯瞰視しているということなのかもしれない。そうであれば一体あの子の目にはどんな世界が見えているのか気になってくる。

「性格だけじゃなくて才能までノイン様と逆だなんて　ちょっと笑っちゃうわね」

イスナが言葉通りに手で口を押さえて上品にくすくすと笑う。

「才能って言っても、まだどうなるかは分からないけどな。特に実戦でも通用するかどうかは……」

まだ机上のことでしかないあの能力が本当の戦場でも発揮されるかどうかはまだ未知数だが、その真価が試されることになる日は、そう遠くない将来に訪れるかもしれない。

この子たちの父親である魔王は、俺に学院時代にやっていたことと同じ指導をこの子たちに行うようにとロゼを通して指示してきた。

あの学院で行っていた指導とはつまり、次世代の英雄を育てる指導、その主たるは戦闘に関する訓練であり、敵を倒すための技術を学ぶことだ。

最近は大きな戦いがないとはいえ、人間と魔族は常に争っている状態だ。

魔王がこの子たちを即戦力として俺に育て上げさせているのなら、試験が終わればすぐに戦場へと駆り出されることも有り得る。

もちろん、そうなることは想定してやってきた。

それでも教え子を戦場に送るというのは何度経験しても心配ばかりで、慣れるようなものではない。

「貴方がついてるんだから大丈夫よ」

「え？　あ、ああ……フィーアのことか……」

「それ以外に何があるのよ？」

「いや、ちょっとぼーっとしてただけだ。何でもない」

訝しげな目を向けてきたイスナに向かって取り繕う。

一瞬、魔法で心の内を読まれてしまったのかと思った。

「ふぁ……それにしてもいい天気ね……。眠くなってきちゃう……」

「そうだな。……サン！　攻撃と攻撃の間の繋ぎが少し甘いぞ！　そんなんじゃいつまでたっても俺から一本取れないぞ！」

小さくあくびをしたイスナを横目に、一人で型の稽古をしているサンに檄を飛ばす。

試験までの日数はもう一ヶ月ほどしかない。そろそろ追い込みをかけて仕上げていかなければならない時期だ。

「ねえねえ、そういえば貴方に一つ聞きたいことがあったのよ」

「ん？　なんだ？　……フェム！　魔法には体力も重要だからしっかりとつけるんだぞ！」

イスナに返答しながら、今度は体力作りのために広場の外周をぐるぐると周回しているフェムに向かって檄を飛ばす。

まだ数周しかしていないにも拘らずに、フェムは既にへとへとになっている。

魔法の実力は文句なしなんだが、いかんせん今のままでは燃費が悪すぎる。もっと基礎体力を付けさせないと宝の持ち腐れだ。

「……私の才能って何？」

「は？　お前の才能？　いきなりどうした？　藪から棒に……」

「いきなりじゃないわよ。貴方ってば、私には何も教えてくれないじゃないの……」

「……そうか？」

「そうよ。いつも他の子ばっかりじゃないの……もうちょっと私にも構ってよ……」

そう言われて思い返してみると、確かに授業以外でイスナに直接何かを指導した記憶というのはないかもしれない。

でも、それはイスナをないがしろにしていたというわけではない。むしろ優秀で手がかかることがなかったからという理由だ。

「えーっと……お前の才能な……。それはやっぱり、魔法……じゃないのか？」

イスナくらいの年齢で第六位階の魔法を難なく使えるというのは大したものだ。もしあの学院にこの子がいたなら、魔法の成績上位者に名を連ねていたことだろう。

「少し前まではそう思ってたわよ……。でも、あの子に勝てると思うの……？」

イスナが苦々しい顔をしながら、ピっと腕を伸ばして広場のほうへと向けた。

真っ直ぐに伸びたその指が示す先に視線を向けると、そこには必死に外周を走っているフェムの姿があった。

「それは……まあ無理だな」

歯に衣着せずに率直に答える。

世間一般的な尺度なら、イスナには十分に魔法の才能があると言えるだろう。

しかし、負の魔素と呼ばれる謎の存在を知覚し、それを使った戦略級の魔法までその気になれば行使できるフェムと比較するのは流石に分が悪すぎる。

「……座学の成績はトップだろ？」

五人しかいない中ではあるが、座学の成績はアンナと並んで一番だ。あの学院にいた成績上位者と比べてもその知力は劣っていない。

「でも、あのゲームだとフィーアに手も足も出なかったわよ……」

「まあ、それは……そうだったな……」

先日のことを思い出して言葉に詰まる。

確かにあの理外の大局観とでも言うべきフィーアの能力は単なる秀才を一笑に付してしまう天才のそれだった。

学力とは少し方向性の違う能力かもしれないが、替えが利かないのがどちらなのかは明白だ。

「それなら体術！　体術もかなりのものだろ！」

「今のサンと戦ったら一秒で昇天させられるわよ……」

イスナが広場の中央で見えない敵を相手に型の稽古をしているサンを見ながら言う。

確かに、イスナは胸に二つの邪魔なものを付けている女性の夢魔としてはかなり高い運動能力を有してはいる。

しかし、エルフが持っている天性の運動能力に今から追いつくのはどれだけの訓練を重ねてもかなり難しいと言わざるを得ない。

「武器じゅ――――」

「それはもうあの人に昔から嫌って言うほどの差を思い知らされてるわよ……」

苦し紛れに紡ごうとした言葉は言い切る前に否定される。

少し余所余所しい言い方だが、あの人というのはアンナのことに違いない。

アンナが武器を扱っているところはまだ少ししか見たことがないが、あまり良好な関係ではなさそうなイスナがここまで言うってことはかなりのものなんだろう。

それこそイスナが到底敵わないほどに……。

「そうだ！　料理だ！　料理はお前が流石に一番だろう？」

「確かに……姉妹の中では一番でしょうね。でも……貴方はロゼのご飯のほうが美味しそうに食べてるわよね……？」

「うっ……そ、それは……」

ジトッとした憎らしげな視線を向けてきたイスナに対して、何も言い返すことができなかった。

ロゼとイスナ。この屋敷における二大料理人である二人の腕は甲乙つけがたい。

つけがたいが……俺の貧乏舌には洗練されたイスナの料理よりもロゼのどこか懐かしさを感じる料理のほうが僅かに合っていると思ったことがあるのは事実だ。

「そこは嘘でもいいから私のほうが美味しいって言ってよぉ！　うぇ〜ん！」

「す、すまんすまん。じゃ、じゃあ……そうだ！　お前は何でも卒なくこなすのが才能ってことでどうだ？　実はそれが一番難しいんだぞ？」

拗ねながら肩の辺りを両手でぽかぽかと叩いてくるイスナをなんとかなだめる。

サンもフィーアもフェムも、特化していること以外に関してはそこまででもない。だから全体の平均値を取ればイスナのほうが大きく上回っているのは間違いない。

「やだやだやだぁ！　そんなのただの器用貧乏じゃないの！　私も一つすっごいのが欲〜し〜い〜！」

「ちょ！　こらっ！　いてっ！　分かった！　分かったからやめろ！」

「才能欲しい〜！　欲〜し〜い〜！」

「ある！　実はお前にはものすごい才能が一つある！　あるからやめろ！」

隠すつもりはなかったが、できれば俺の口から直接言いたくはなかった文字通り大きな大きな才能がある。それも二つだ。

しかも、それは上手く扱えばこの子の種族的な特性とも合わさってある意味ではフェムの魔法をも超える、とんでもない破壊力を生み出すものだ。

「え!?　ほんとに!?　何!?　どんな才能!?」

イスナが俺を叩いていた手をピタりと止めて、期待に満ちた純真な瞳を向けてくる。

「いいか？　一度しか言わないからよく聞けよ？」

身体を横に向けてイスナと向かい合い、その目を見ながら素肌が露出している肩に両手を置く。

手のひら全体に女性特有のしっとりとした温かくも柔らかい肌の感触が伝わってくる。

「う、うん……」

イスナがゴクリとツバを飲む音が聞こえてくる。

「お前の才能……それはお前が姉妹で一番……」

イスナの身体から、手のひらを通して緊張と期待の二つの感情が同時に伝わってくる。

「胸がデカいってことだ！」

己の尊厳をかなぐり捨てて、イスナに自分が持つ最強の武器が何であるのかを気づかせるための一言を放つ。

「む、胸!?　な、何を言ってるのよ……いきなり……」

当の本人には上手くその意図が伝わらなかったのか、若干引き気味に困惑されてしまう。

「本当に分からないのか……？」

「わ、分かるわけないじゃない。い、いきなり胸が大きいとか……言われても……」

流石のイスナと言えども直接そう言われたのは恥ずかしかったのか、いつもは見せびらかすように露出している雄大な谷間を手で隠した。

「なら少し言い方を変える。お前が姉妹で一番……いや、同年代でお前より色気のある女性は見たことがない！」

肩に手を置いたまま、再びその深緑を瞳をしっかりと見つめて、その才能の本質を告げながら改めてその全身を見る。

出るところは大きく出て、締まるところはしっかりと締まっているにも拘らずに、アンバランスさを一切感じさせない均衡の取れた体型。

少女としての幼さと女としての魔性を奇跡的な配分で融合させている整った目鼻立ちは、端正という言葉でさえ陳腐に感じさせる。

それだけでなく、細かい所作を一つ取っても、そこには男の理性を刈り取らんとする母親譲りの天性の艶めかしさがある。

総じて、その色気はまだ二十歳にも満たない少女のそれではないと言い切れる。これを才能と呼ばずして一体何を呼ぶのか。

「い、色気……？　あ、貴方……人格変わってない……？　というか、それって……貴方が私に劣情を催してくれてるってこと……？」

困惑していたかと思えば、今度は恥ずかしそうに顔を赤らめながら尋ねてくる。

そんな振る舞いにさえ、並の男なら一瞬にして理性を消失させてしまいそうな艶やかさがある。

「それはない」

あくまで客観的な意見だ。俺が生徒に不埒な感情を抱くことは断じてない。断じてだ。

「じゃあ何なのよ！」

「言葉通りにその色気こそがお前の類まれな才能ってことだ。その点においてはお前ほどの逸材は見たこともない」

「やだぁ！　そんな才能やだぁ！　私もあの子たちみたいなのがいいのぉ！」

再び駄々をこね始めるが、どれだけ言ってもそれはないものねだりというやつだ。

「いいかイスナ……お前は夢魔の血を引いてるな？」

肩に手を置いたまま、今度は諭すような口調で優しく語りかけてやる。

「それがどうしたのよ……ぐすん……」

「夢魔の人間界での別称は知ってるか？」

別名というよりも、人間界ではもう一つの呼称のほうが有名かもしれない。

「そんなの知らないわよ……ぐすん……」

「淫魔だ」

「やだぁあああああっ!!」

再び暴れ始め、両手で俺の身体をぽかぽかと叩いてくる。

広場で訓練中のサンとフェムも流石に何事かと視線を向けてくるが、大丈夫だから続けていろという合図を送る。

「落ち着け、イスナ。いいか？　いん……夢魔が使う精神干渉の魔法において相手の本能を刺激するってのはめちゃくちゃ重要なのはお前が一番知ってるだろ？」

「それは……そうだけど……」

「つまり、お前の色気ってのはとてつもなく大きな武器になるんだ」

夢魔が標的、特に異性から生命力を奪う際にはほぼ決まって対象の情欲に付け入るとされている。

それは情欲こそが生物にとって、最も根源の欲望の一つであり、付け入る隙が大きいからだ。

「そんなはしたないのやだ……ぐすん……」

普段から大概はしたない格好をしているくせに、いざそういう話になると急に乙女のような恥じらいを見せやがる。

そんな見た目とのギャップがこれまた男心を刺激するということは分かっていなさそうだが、それこそ天性の魔性の持ち主である証に他ならない。

「イスナ、夢魔の特性と合わされば色仕掛けも立派な戦闘術だ。サンの体術やフェムの魔法に劣るようなことは一切ない」

「そうなの……？」

「間違いない。俺が保証してやる」

「だったら……」

泣き止んだかと思えば、今度はもじもじと恥ずかしそうに身体の前で両手の指先を遊ばせ始める。

「なんだ？」

「貴方が手取り足取りで色々教えてくれるなら……そういうことも頑張る……」

「それはダメだ」

「なんでよぉ！」

「いや、倫理的に当然だろ」

教え子に手を出すようなことは当然ダメに決まっているので一考もせずに即答する。

それこそ件の不適切な指導に他ならない。上に知られたら今度は追放どころか殺されてしまう。

「それじゃあどうやって学べばいいのよ！　色仕掛けなんて言われても分かんないわよぉ！」

再び俺の身体をぽかぽかと叩きながら喚き始めた。

あの母親に学べと言ってもこの調子だと聞き入れてくれなさそうだ。やむを得ない、ここは奴を頼るしかなさそうだ……。

「仕方ないな……。イスナ、ついてこい」

「へ？　ついて？　どこに？」

「いいから来い」

その腕を掴んで、屋敷の中へと引っ張っていく。

目的地はあいつの部屋。あいつなら間違いなく参考になる教材を持っているはずだ。

「ちょ、ちょっとってば……ど、どこ連れて行かれてるの……？」

「着けば分かる。だから大人しくしてろ」

イスナの腕を握ったまま、屋敷の奥へ奥へと歩いていく。緊張しているのか、その柔らかくしなやかな腕から少しだけ汗が滲んできている。

「こ、こんな奥までつれてきて一体何を……はっ!? 口ではああ言ってたけど……も、もしかして……誰も使ってない部屋に私を連れ込んで……えへ、えへへ……で、でも……まだ心の準備が……それに身体も清めてないし……」

怒ったり泣いたりしたかと思えば今度は突然ニヤけはじめるが、こいつの考えてるようなことは決して起こらない。

そうこうしている間に、目的の部屋の前へとたどり着く。

「あれ……ここって……」

「おーい、いるかー？」

入口の扉を叩きながら、中へと向かって呼びかける。

この時間ならちょうど朝の掃除を終えて、少し休憩しているはずだ。

「ういうい～何ですか～？」

扉が開かれて、桃色の体毛と猫のような耳を持つ獣人が少し気だるげにしながら室内から現れた。

「よう、休憩中に悪いな」

「あれ？　誰かと思えばフレイ様じゃないですか……どうかしたんですか？」

「お前に少し頼みたいことがあってな」

「頼み……はっ！　もしかして夜這いならぬ朝這いですか!?　ダメ！　ダメですよ！　いくら私の尻尾がどこから生えているのか気になって眠れなかったとしても！　今はちょっと汗臭いですし！　心の準備もまだですし！　何より私にはお姉さまが！」

何を勘違いしたのか、いきなり一人の世界に入ってぺちゃくちゃと捲し立て始めた。魔族というやつは皆こうなんだろうか。

「落ち着け。誰もお前には興味ないから安心しろ」

「ひどっ！　それじゃあ何の用ですか？　お掃除のご依頼ですか？」

妙な独り言が収まったかと思えば、今度は意外と落ち着いた対応をしてきて本当に調子を狂わせてくる奴だ……。

「いや、イスナのことでな」

「……ちょっと、リノのところで一体何をするのよ」

「いいから待ってろ」

「あれ？　イスナ様もいたんですね。おはようございまーす！」

「え、ええ……お、おはよう……」

リノの挨拶にイスナは少し吃りながら返事をし、体の半分を俺の後ろに隠すように移動した。

もしかしたらリノのことが少し苦手なんだろうか、確かに性格的には相性が悪そうな感じはするが……。

「そんで、頼み事って何なんですか？」

「ああ、イスナにだな――」

リノにだけ聞こえるように耳元で案件を伝えていく。

イスナに色仕掛けのイロハを教えるために、お前の持っているブツを教材として貸して欲しいと。

「そ、そんなブツなんて……わ、私は持ってない……ですよ……？　リノちゃんは健全な乙女なので……そんないかがわしいものは……」

「ネタは上がってる。いいからさっさと出せ」

「モッテナイ、ワタシシラナイ」

目を泳がしながら片言で喋り始めるリノ。嘘が下手にも程がある。

初めて会った時の会話の内容からそうだとは思っていたが、予想通りこいつはその手の物を大量に持っている。

「……安心しろ。ここで大人しく出せばロゼには黙っておいてやる」

「ほ、本当ですか……？」

「ああ、そんなつまらない嘘はつかない」

優位な立場を目一杯に使った取引を持ちかける。

拒否をすれば痛い目を見ることになるのはこいつだけだ。

神聖な学びの場にそんなものを持ち込んでいることがロゼにバレれば、一体どんな折檻が待っているのか想像するだけでゾっとする。

「わ、分かりました……。大人しく出しますので入ってください……」

取引はあっさりと成立し、イスナを率いてリノの部屋へと入る。

室内はその主から受ける印象とは対照的に、物が少なく小綺麗に片付けられていた。少し意外だと思ったが、そういえばこいつは一応掃除係だったのでむしろ当然なのか。

「それじゃあ、早速ブツを出してもらおうか」

「分かりましたよ……もう、強引なんですから……」

悪態をつき、地面に膝をついて猫のような尻尾と足をもぞもぞとさせながら、ベッドの下を探り始める。なんて古典的な隠し場所だ。

「んっしょ……っとぉ」

リノがベッドの下から大きめの収納箱を引きずり出してくる。

「それで、どういうやつがご所望なんですか……？　流行りの脳が壊れる系ですか？」

「……いや、普通のでいい」

なんだよ脳が壊れる系って……ちょっと気になるじゃないか……。

「普通の……普通の……なかなか難しい案件ですね……」

「それとできるだけ女性向けっぽいやつでな」

「ういうい……本当に注文が多い人ですね～……」

「ねぇ……さっきから何の話してるの？　ブツって何なの？」

流石に黙って待っていられなくなったのか、イスナが怪訝な表情を浮かべながら尋ねてくる。

「まあ……見れば分かる」

そう、ひと目見ればそれが何なのかは分かる。

「普通で……女性向けっぽいの……その条件に合うのは、これですね」

そう言ってリノは収納箱の中から一冊の小説らしき本を取り出した。

その表紙には怪しい書体でデカデカと『よく分かる淫魔との暮らし方』と書かれている。

イスナに対して淫魔物を出してくるとは、なかなか攻めたチョイスだ。

「はい！　イスナ様、どうぞお納めください！」

人懐っこい笑顔を浮かべながらリノは明らかに不健全なそれをイスナに直接手渡した。

「どうぞって……何これ？　本？」

イスナが怪しみながらも受け取ったその本を開き、ぱらぱらとページを捲って中身を確認していき

「なっ！　ななっ！　何なのよ、これは！」

いきなりぼっと火が付いたように、顔を真っ赤に染めて狼狽し始めた。

「何って……ご所望のエロい本ですけど……」

アンナの髪色ほどに顔を真っ赤にしているイスナに対して、それが何かと言わんばかりのケロっとした表情のリノ。

「そんなもの所望してないわよ！」

「でも、フレイ様がイスナ様が読むから出せって……あ、もしかしてそういうプレイなんですか？」

「違う。断じて違う」

そんな倒錯した趣味はない。

「な、何なのよ……これは……こんな……こんな……」

イスナはやり場のない恥ずかしさから生じた戸惑いを見せながらも、さっきからチラチラと本のほうに何度も視線を落としている。

多感な年頃とはいえ、興味津々なのを全く隠しきれていない。

「いいかイスナ、お前はそれで人の情欲を学ぶんだ」

「じょ、情欲……?」

「そうだ。情欲……色欲とも言うな。とにかく、お前の武器を最大限に活かすには、それを学ぶことが一番大事だ。分かるな?」

「フレイ様、真面目な顔してとんでもないことを言ってますね」

リノが横から茶々を入れてくるが、顔だけでなく俺は百パーセント大真面目だ。

男女のあれとかそれに関する機微が赤裸々に書かれている小説。

本来なら間違いなく不適切なものだが、それは見た目に反してウブな夢魔への指導用と考えれば最適な教材のはず。

確かに不健全さはあるかもしれないが、時には規範から逸脱する柔軟性も教育にはまた大事だ。

「だって……こんなの……こんなのって……」

イスナはわなわなと打ち震えながらそれを読み進めている。

どんな感情を抱いているのかは定かでないが、スカートの内側から出ている黒い尻尾はこれまでにないほどに荒ぶっている。

「ね、ねぇ……リノ……？　これって、どういう意味なのかしら？」

イスナは視線を本に固定したまま、リノに向かってちょいちょいと手招きをする。

「ん～？　どれですか～？」

「これよ……この……ってのは何なの？」

「あーそれはですねー……女の人のごにょごにょで男の人のごにょをごにょんで、ごにょらせることですよ」

本の内容を横から覗き込みながら、リノがイスナの耳元で俺には聞こえないほどの音量で何かを説明している。

一体何の説明をしているのか気にならないと言えば嘘になるが、本人の名誉のためにここは聞かないでおいてやろう。

「そ、そんなことまでするの!?」

「もちのろんですよ。これができるようになればどんな男でもイチコロっすよ」

「じゃ、じゃあ……これは!?」

「それはですね……男の人がごにょごにょして、女の人のごにょをごにょっちゃうやつですね」

「う、嘘でしょ……」

「こんなのまだまだ入門編ですよー」

上から目線で得意げにしているリノだが、こいつがそこまで経験豊富そうには見えない。ほとんど本の知識と見るべきだろう。

「し、信じられない……こんな世界があったなんて……」

目の前でイスナとリノが二人して興奮気味に尻尾をぶんぶんと振り回しながら、楽しそうに不健全な会話を繰り広げている。

当初はリノのことを苦手にしているのかと思ったが、実は意外と馬が合うのかもしれない。

「じゃあ、俺はサンとフェムのところに戻るから後は任せたぞ」

「え？　はい、了解でーす。ほいじゃイスナ様、こっちはどうですか？」

「ど、どれ!?」

「このシリーズなんですけどー……」

俺が出て行こうとしていることに全く気づかないほど、夢中になっているイスナを置いて、そっと部屋から退出する。

廊下の壁に並んだ窓から入ってくる心地の良い風を感じながら、爽やかな気分で広場へと戻った。

“　”

「あっ……貴方の……太くて……すごく逞しいの……頂戴……？」

「おい」

「私のナカが……貴方で満たされてる……！　もっと激しく……！　もっと深く……！　ああぁっ！　すごいのぉっ！」

「おい」

「何よ……今いいところなのに……」

俺のベッドで仰向けになりながらリノから借りた本を朗読しているイスナが、邪魔をしないでと言いたげな視線を向けてくる。

「いいところか何か知らないけど、イチイチ朗読するな……」

読んで学べと言ったのは俺ではあるが、芝居がかった悩ましげな声を隣で出されると仕事に全く集中できない。

「え？　何!?　もしかして興奮しちゃった!?　なら私はいつでもウェルカ──」

「するか！　とにかく、声に出して読むな。放り出すぞ」

「分かったわよ……もういけずなんだから……。でも、そんなところも素敵……あんっ……」

イスナは恍惚を帯びた声でそう言いながら、再び視線を本へと向け直す。

いつの間にかベッドは完全に占拠されているし、本当に油断も隙もあったもんじゃない。

「全く……こっちは明日の授業の準備に追われてるってのに……」

イスナが大人しくなったことを確認して、翌日使う予定の教材の準備へと戻る。

俺がペンを紙の上に走らせる音、イスナが本を捲る音と時折ベッドの上で身体をよじらせる衣擦れの音だけの時間がしばらく続く。

ちょうど教材の準備が終わったと同時に、心地の良い眠気が襲ってくる。

「さて……と、俺はそろそろ寝るから、お前もさっさと寝ろ。明日も朝早いんだからな」

「はーい、んしょ……っと、おやすみぃ……」

ベッドの側にある小さな棚の上に本を置いて自室に戻るために立ち上がるのかと思ったら、そのまま平然と布団の中に潜り込みはじめた。

「……おい、何してる」

「何って……寝るんでしょ？」

布団から顔をちょこんと出しながら、惚けたことを大真面目な口調で言い出すイスナ。

「馬鹿なことをやってないで、さっさと自分に部屋に戻れ。明日も朝早いんだから」

同じことを再び繰り返す。

もう日付はとうに変わっている時間帯だ。早く寝ないと明日に支障が出てくる。

「一緒に寝ちゃ……ダメ……？」

布団を胸元に抱えるようにしながら、瞳をうるうると潤ませてそう懇願してきたイスナに心ならずもドキっとしてしまう。

まさか、リノの教材の効果が早くも出ているというのか……。

「ダメだ。そもそも二人で寝るには狭すぎるだろ」

「ぎゅってくっつけば平気よ。ね？」

「余計にダメだ。ほら、さっさと起き上がって自分の部屋に戻れ」

「やだ……一緒に寝る……」

いつもは一言二言で大人しく引き下がるのに、今日はやけにしつこい。まるで母親のほうの相手をしているようだ。

「なぁ……頼むから言うことを聞いてくれ……」

「いつも聞いてるもん。貴方がフェムにかかりきりだった時も、頼まれたからずっとサンとフィーアの面倒を見たのに……」

イスナはゴロンと寝返りを打って、俺に背中を向ける。

「うっ……それは……」

「アンナは結局ほとんど手伝ってくれなかったから、一人で大変だったのよ……？　少しは私にもご褒美をくれたっていいじゃない……」

そのまま拗ねたような声でそう言ってくる。

「ご褒美って言ってもな……」

「すんすん……どうせ私は都合の良い女なのね……おっぱいが大きいだけの……」

俺に背を向けたまま泣き声を出すイスナ。わざとらしいことこの上ない。

それでも女の武器は涙というのは事実らしい。小さな罪悪感が胸の内に芽生えてくる。

「あー、くそっ……分かった分かった！　今日だけだぞ!?」

「ほんと!?　じゃあ、はやくはやく！」

再び半回転してこちらに向いた顔には満面の笑みが浮かんでいた。

何か上手く誘導されてしまった気もするが、無茶な頼みを聞いてもらったというのは事実だ。

イスナが見てくれていなければ、サンは未だに魔法の基礎訓練をやっていたかもしれない。

メチャクチャな要求ではあるが、ある程度の理はある。もしここで断れば、信頼関係に響いてしまうかもしれない。

眠気でぼーっとした頭ではこの状況から上手く逃れる方法も思いつかず、今回ばかりはその要求を受け入れるしかなかった。

「ほんとにお前は……仕方のない奴だな……。でも、寝るだけだぞ？　妙なことをしようとしたら追い出すからな……？」

念入りに釘を刺しておく。若いとはいえ半分は夢魔の血を引いている子だ。俺が寝静まった後にナニをしてくるのか分かったもんじゃない。

「うん、寝るだけよ。寝るだけ。だからほら、はやくはやく」

何がそこまで嬉しいのか、イスナはウキウキとしながら布団の端を持ち上げて俺に入るよう催促してくる。

持ち上げられた布団の隙間から、ほとんど下着のような寝間着に包まれたイスナの身体が僅かに見える。

「はぁ……なんでこんなことに……ロゼにバレたら大事だぞ……」

渋々ながら、本当に渋々ながらその中に身体を滑り込ませる。

普通であれば入ってすぐは少しひんやりとした感覚があるはずの布団は、既に人肌でちょうど良い温度まで暖められていた。

慣れない感覚に少し戸惑いながら、そのまま身体を更に奥へと滑り込ませて、本来は一人用の狭いベッドの上で仰向けになる。

「寝てる間に落ちても知らないからな……？」

「じゃあ落ちないように、もっとくっつかなきゃ」

そう言って、半ばしがみつくように抱きついてくる。そうなると当然のように身体の側面には温かく柔らかい物体がぎゅっと押し付けられる。

流石にやりすぎだと考えるが、布団の中から漂ってくる妙な甘い香りと眠気で頭がぼーっとして抗う気力が湧いてこない。

「はぁ……男の人の……神の匂い……」

隣から深い呼吸の音と恍惚の声が聞こえてくる。

「あっ、臭いってわけじゃないのよ？　むしろ、いい匂いって言うか、興奮して身体が熱くなってくるっていうか……」

「いいからさっさと寝ろ」

意味の分からない弁明を始めたイスナを黙らせる。

向こうのペースに乗せられるのは危険だ。今は一刻も早く眠りにつきたい。

「……はーい」

隣で寝ている異常性欲者が大人しくなったことを確認してから目を瞑ると、世界が真っ暗闇に包まれた。

疲れ切った身体は心地の良い微睡みに包まれ、すぐに眠りに……落ちてくれるわけがなかった。

腕にまとわりついた柔らかくも温かい物体の感覚。

耳元から聞こえてくる悩ましげな吐息。

鼻腔をくすぐる甘い香り。

目を瞑って視界からの情報が遮断されると、逆に他の感覚器官がそれらの情報を鋭敏に感じ取ってしまう。

夢魔とはいえ生徒だからと余裕ぶって了承したが、自分が女性に対する免疫を全く持っていないことをここに来て痛感させられる。

余計なことを考えないように頭から邪念を追い払おうとしても、一度意識してしまった脳は意識しないことを意識してしまうという悪循環に陥ってしまっている。

自分のものとは全く違う匂い。耳元に一定のリズムで吹きかけられる吐息。

隣から伝わってくるそれらが俺に教師である前に男であるということを嫌というほどに知らしめてくる。

それでもなんとか頭から不純な思考を追い払うために別のことを考える。

何でも良い。今の思考から抜け出せるようなことを思い出せ。

そうして頭の中にある記憶の回廊をぐるぐると巡っていると、ふとある記憶が頭の中に浮かんだ。

『今日はお父さんにいっぱい剣の稽古をつけてもらって良かったわね』

ベッドの上で寝る俺の隣で、優しい笑みを浮かべている人間の女性。

『うん！　今日は剣だけじゃなくて魔法も教えてもらった！』

首まで布団を被りながら、女性に向かって元気のよい返事をしている俺の声は今よりも遥かに幼い。

『貴方は本当にお父さんのことが大好きね』

『うん！　でもお母さんのことも好きだよ！』

それは今から十年以上も昔の記憶。

父さんから稽古をつけてもらった興奮で寝られなくなっている俺と、そんな俺が寝付くまで話を聞きながら頭を撫でてくれた母さんとの思い出だった。

まさか女性とベッドの上で二人きりという状況で思い出すのが、この記憶だということに自分で少し笑ってしまう。

母親との思い出という情欲とは対極にあるその記憶は、先ほどまでかき乱されていた感情を落ち着かせてくれる。

腕を包んでいる柔らかさも、漂ってくる甘い匂いも、思い出の中のまどろみに紛れて薄れていく。

ああ、これでようやく眠れそうだ……。

意識が徐々に薄くなり、目の前にある懐かしい顔も暗闇の中に消えていく。

しかし、記憶というやつは都合よく綺麗な思い出だけに浸らさせてくれることはなかった。

『逃げて！　振り返らないで走って！』

闇に包まれる母さんの顔は否応なしに、最期の最期まで俺のことを案じながら叫ぶ母さんの顔と重なってしまった。

地面に倒れ、俺へと向かって手を伸ばしながらも自分を顧みずに逃げろと叫ぶ母さんの姿。

それを皮切りに、雪崩のように最悪の記憶の数々が頭に流れ込んでくる。

白い鎧の男と向き合う父さんの後ろ姿、暗闇の中でどこまでも追いかけてくる怒声、激流に翻弄されて為す術もなく流されていく身体。

それはこちらからでは手を出すことができない記憶の出来事。

ただ一方的に俺の心を切り刻んでくる悪夢。

決壊した心の防衛本能を越えて、更にドロドロとしたドス黒い感情が流れ込んでくる。

「ねぇ……」

耳元でイスナの声が聞こえて、その心地の良い響きに意識が一瞬にして悪夢から現実へと引き戻された。

「っ……！　はぁ……イスナ……まだ寝てなかったのか……」

「な、なんだか苦しそうだったけど……大丈夫……？」

「ちょっと寝苦しかっただけだ……何でもない……。それよりどうした？　眠れないのか？」

心配そうに尋ねてきたイスナに対して、真相を誤魔化しながら返事をする。

「ううん、そういうわけじゃないんだけど……」

「じゃあ、どうした？　やっぱり自分の部屋に戻るのか？」

またさっきのような姿を見られる前に戻ってもらいたいという思いが言葉となって出てくる。

「そうでもなくて……えっと……私が初めてこの部屋に来た時のことって覚えてる……？」

「初めて……？　ああ、あの時か……」

こいつが初めてこの部屋を訪れたときのこと。それはつまり俺とこいつの関係が一夜にして反転した日のことだ。

あれは忘れようと思っても忘れられる出来事ではない。

「実はあの時はね……貴方をここから追い出してやろうって思って来てたの」

「……そうか」

あの時はかなり嫌われていたので、そうだったとしても少しも不思議ではない。

それだけ嫌われていたからこそ、あの変わりようには驚愕したし、夢でも見ているのかと思ったのも今となっては懐かしい思い出だ。

「何か弱みでも握ってやろうって思って、魔法を使って貴方の記憶に侵入して……」

神妙な口調で当時のことを語り始めるイスナ。

記憶への侵入。そんなことをされていたのは全く知らなかったが、だとしたらあの時とっさに攻撃してしまったのは、本能的な防衛反応だったのかもしれない。

「それでね……見ちゃったのよ……」

「見た……？　何をだ？」

「貴方の心の奥底にある……真っ黒な……まるで全てを壊す嵐のような感情……。ねぇ、あれは一体何なの……？」

その言葉を聞いて心臓が跳ねるように大きく脈動した。

偶然か、それとも夢魔として何か感じ取ったからなのか、それは先刻俺が抱いた感情に他ならなかった。

「真っ黒な……？　さぁ、知らないな……」

「嘘、そんなはずがないわ」

しらを切る俺を問い詰めるように、腕にまとわりついた柔らかい圧力が更に強まる。

その感触に紛れて、イスナが俺に対して抱いている恐怖のような感情が震えと共に伝わってくる。

「あれは……貴方を学院から追い出した奴らへの憎悪なの？」

確かに、あの二人のことを憎んでいるかと言われればそうだと答えるだろう。

だが、イスナが見たという俺の根源にあった感情とあの二人は全く関係がない。

「貴方が人の世界を離れて、私達の教育係になると決めたのは……あれが理由？」

そうだ、目的のために使えるものは全て使うとあの夜に決めた。例えそれが正道から外れることになるとしても。

「ねぇ、教えて？　貴方のことは全部知りたいの……」

懇願するような震える声が耳元で響く。

興味本位などではなく、心の底から俺のことを知りたがっているのが伝わってくる。

「……俺にはやらないといけないことがある」

それは本来ならこの場で言うべきではなかった言葉。

誰かに聞いてほしかったのか、それともこの子たちには知る権利があると思ったのか、気がつけば口から漏れ出てしまっていた。

「……やらないといけないこと？」

「ああ、そうだ。お前の言った通り、そのために俺は今ここにいる」

ここだけじゃない。あの学院にいたのも全てはそのためだった。

「それは何なの……？」

「……それは言えない」

「どうして？」

「そこまでは言う必要がないからだ」

「……いじわる」

少し口が滑ってしまったが全てを伝えることはできない。

互いに利のある関係であるとはいえ、これは俺だけの問題でこの子たちには直接関係があることではない。

「ほら、さっさと寝ろ。明日も早いんだから」

再三の忠告をして、また目を閉じる。世界が再び暗闇に包まれても今回は悪夢が襲ってくることはなかった。

「はーい……」

イスナもこれ以上の追求はできないと考えたのか、あっさりと引き下がってくれた。

それから更に数分が経過すると、今度は隣から安らかな寝息が聞こえてくる。

今のうちに右腕を救出しようかと考えたが、まるで俺をここに繋ぎ止めるようにがっちりと固定されたそれを起こさずに外すのはかなり難しそうだ。

気持ちよさそうに寝ているイスナ起こさないように首だけ少し動かして、その寝顔を見る。

全てはこの子たちの成長にかかっている。第一の関門である試験はもうすぐそこだ。


試験の日が目前まで迫った休日の昼前。

朝の訓練を終えた俺は心身の癒やしを求めて表の庭園へとやってきた。

庭園をぶらぶらと歩きながら、色鮮やかな花々を何も考えずにただぼーっと眺める。

鼻腔を満たす芳しい香りと、その穏やかな情景は心と身体に想像していた以上の癒やしの効能を与えてくれる。

「ふぅ……」

大きく一息ついて、そのまま近くに備えられている椅子に腰を落とす。

今朝の訓練では、試験が近づいてきた影響なのか全員に少し焦りのような感情が見え始めていた。

だから、皆には今日は何もせずに身体を休めるようにと言っておいたがちゃんと守っているだろうか。

一番怪しそうなサンにはイスナを見張りにつけておいたが、それでも心配だ。

試験に臨むため、訓練に身が入るのが悪いことではないが焦りはやる気を空回りさせてしまう。

試験に関する懸念事項は他にもある。

一つは三ヶ月後と言われた試験までは予定通りであればもう十日も残されていないにも拘らず、内容が一切明らかになっていないということだ。

ロゼ曰く、試験の内容は自分が報告した内容に基づいて決定される。魔王は型破りな人物だが、試験の内容自体は公正さに基づいて決定されるので安心して欲しい、とのことだった。

しかし、いくら安心して欲しいと言われても中々そうはできないというのも事実だ。

あの子たちには焦るなと言ったが、試験の内容が分からないことにはどうしても不安が募っていく。

それに問題はまだある。もう一つ大きな問題が……

「ぅおーい！　誰かいねぇのかー!?」

もう一つの懸念事項を頭の中で洗い出そうとした時、正面入口の方角から大きな声が聞こえてきた。

前にもこんなことがあった記憶はあるが、聞こえてきたのはまた初めて聞く声だった。

あの時は下手に応対してしまったばかりに、非常にめんどくさい人の相手をすることになってしまった。

今回もできれば応対したくはないが……仕方ない。誰かが近くにいるとも限らないし、とりあえず見に行くしかなさそうだ。

そう決めて椅子から立ち上がり、入口のほうへと歩いていく。

「誰もいねぇならぶち破るぞー！　いいのかー!?」

入口の門が見えてくると同時に、その向こう側で物騒なことを叫んでいる何者かの姿も見えてくる。

それは見るからにガラの悪そうな背の高い男だった。

男を見るのは随分と久しぶりだと考えながら、更に少しずつ近寄っていく。

綺麗に整えられているとは言い難い、真っ黒でぼさぼさのツンツン頭。

野性味の溢れる顔立ちに浮かぶのは、肉食の獣を彷彿とさせるような鋭い目つき。

その身体は非常に男性的というか野性的な衣服に包まれている。

目立った魔族的な特徴は見えないが、この場所にいるということは魔族である可能性が高そうだ。

年齢は俺よりも少し上、二十代後半くらいに見える。とはいえエシュルさんという例もあるので見た目通りの年齢というわけではないかもしれない。

とにかく、その男を一言で表すならただのチンピラというのが正しいだろう。

足を使って門をガタガタと乱暴に揺らしていることからも、まともな奴ではないというのはよく分かる。

周囲にはロゼやリノの姿は見えないので、面倒だけれど俺が対応するしかないようだ。

「おい、何をしてる。それは魔法障壁も兼ねてるから無理に壊そうとしても逆に怪我をするだけだぞ」

明らかにこの場に相応しくない風貌の男に対して毅然とした態度で告げる。

魔王の妻であるエシュルさんですら独力で入ることができなかった門だ。

こんなスラム街の路地裏でたむろしてそうなチンピラ風の男には到底どうにかできるようなものではない。

「あぁ⁉　んだ、てめぇは……」

俺に気づいた男は、そう言いながら格子越しに睨みつけてくる。

野獣のような眼光。その出で立ちと相まって、ますます教育の場には相応しくない男だ。

「ここの関係者だ。お前こそ何者だ」

「関係者だぁ？　ああ……なるほど……てめぇが……」

男は格子の向こう側から、俺の顔を値踏みするような視線でじろじろと見てくる。

何か無性に腹が立つ。こいつとは根本的に何かが合わないということを細胞単位でひしひしと感じる。

「お前は何者で、何の用なんだ？」

「なるほど……確かにムカつくくらいに似てやがる……」

男は俺の質問に答えずに、更に鋭さを増した目でただじっと俺の顔を見てくる。

「似て……？　とにかく、許可がないならさっさと立ち去れ。ここはお前のような奴が来る場所じゃない」

教育のきょの字さえなさそうな男に向かってはっきりと告げる。

もしあの子たちの目に入ったらそれだけで教育に悪い。ここはさっさと退場願おう。

「許可だぁ？　一体、誰の許可が必要だって言ってんだ？」

「誰の……？　それは……責任者のだ」

そう言えば、ここの責任者は誰になるんだろうか。俺ではないのは間違いない。

それならあの子たちか？　いやロゼか？　それとも――

「責任者の許可……ときたか……。くっくっく……なら、俺には必要ねぇってこった……なっ！」

男が喉を鳴らして笑った直後――

突如として、とてつもない轟音と衝撃が目の前から発せられた。

続けて、大きな物体が俺の真横を高速で通り抜けていく風圧。

それは砂埃を舞い上げ、不快な甲高い音を立てながら地面を跳ね、後方へと吹き飛んでいった。

「な、何が起こった……!?」

舞い上げられた砂埃に包まれながら、何かが飛んでいった方向を確認する。

庭園の手前で、元の面影すらも分からないほどに歪んだ形で横たわっているのは、紛れもなく本来なら招かねざる客の侵入を防ぐための門だった。

現実感のない光景に思わず目を疑うが、それは間違いなく先刻までは俺と謎の男の間にあった物に違いない。

無残な姿になったそれを呆然と眺めていると、砂埃が収まり視界が徐々に明瞭になってくる。

「あ、危ねぇ……もう少しで大目玉喰らうところだったぜ……」

門があったはずの場所で男は片脚を上げたままの体勢で焦っている。

何故焦っているのかは分からないが、今この男によって堅固な魔法障壁が施された門が蹴り飛ばされたということだけは間違いない。

男が不当に開かれた門を悠然と潜り、敷地内へと侵入してくる。

「お前っ！」

考えるよりも先に身体が動く。

腰に携えた剣に手をかけて、一気に引き抜き、謎の男へと向けて構える。

「おっ？　やる気か？　いいじゃねぇか……てめぇとは喧嘩したほうが面白そうだしな」

そう言いながら、ゆっくりと構えもせずに俺のほうへと歩いてくるように見えたその刹那――

消えっ!?　いや、右！

男の姿が消えた瞬間、右側から強大な殺気を感じてしっさに身を屈める。

その直後、頭上を強烈な暴威が掠めていく。

当たればただでは済まない一撃だったが、見た目通りに狙いが単調で助かった。

……と安堵している場合ではない。奴が再び攻撃態勢に入る前に、右側にあるはずの男の身体を視界ではなく感覚で捉える。

そして、胴体のある場所へと向かって横薙ぎの一撃を放つ。

「うおっ！」

完璧な返しのタイミングで放ったはずの一撃に手応えはなく、男の少し焦った声だけが聞こえる。

追撃を受ける前に左後方へと飛び退き、再び視界で敵の姿を捉える。

「危ねぇじゃねぇか！　殺す気か！　この野郎！」

男も同じように後方へと飛び退いてさっきの攻撃を躱したのか、僅かに切れ目の入った服を手で確認しながら怒鳴っている。

こいつ……強い……。それもかなりだ。

今の僅かなやり取りだけではっきりとそれが分かった。魔王の娘であるあの子たちでさえ……いや、あの学院にいた誰でさえもが比較にならないほどに強い。

それはつまり、尚更ここを通すわけにはいかなくなったことを意味している。

この獣のような男からあの子たちを守れるのは今この場に俺しかいない。

覚悟を固めつつ、再び剣を正眼に構えて敵と向き合う。

「はっ、本気でやるってわけかい。やっぱり、てめぇとは喧嘩したほうが面白そうだ……なっ！」

周囲に凄まじい大気の奔流が生まれ、男の身体が魔力に纏われていく。

まさに怪物、そうとしか形容のないほどに強大な力が空気を震わせ、身体の表面がひりつく。

「いくぜぇっ！」

男が再び超高速の機動で今度は正面から突っ込んでくる。

視界だけでなく、身体中の感覚器官を全て使ってその動きを捉える。

頭部へと向かってくる左腕全体を使った薙ぎ払うような攻撃。

それを上半身を後ろに反らして最小限の動きで回避する。直撃すればただでは済まない暴力が鼻先を掠める。

一度の攻撃を避けても安心している暇は一瞬たりとてない。

まるで野生の獣のような運動能力を以て、男は続けざまに反らした上半身に向かって直線的な追撃を叩き込んでくる。

大きく振りかぶられたその攻撃は俺のもとに届くまでに若干の猶予がある。ならば――

足から順番に、身体の可動に合わせて身体強化の魔力を移動させていく。

「この……チンピラがっ!!」

躊躇なしに全力でその右腕を斬り上げる。

刀身が男の腕に命中したことを確認し、一気に振り抜く。

手の内側に生まれた強い衝撃が手首から肩へと順番に伝わってくる。それでも剣を離してしまわないように、柄を強く握りしめる。

金属と金属が激しくぶつかったような甲高い音が周囲に鳴り響くが、手応えは……

「へっ……やるじゃねぇか……。でも軽ぃな」

男は斬り上げられた右腕を擦りながら、余裕の表情を浮かべている。

腕を斬り落とすつもりの一撃だったが、そこにはほんのかすり傷しかついていない。

やはり硬い……。あれだけの魔力を帯びられていると物理的な攻撃ではまともに損害を与えられないか……。

「そんじゃ……もっかいこっちからいくぜぇっ!!」

耳をつんざくような咆哮を上げて、再び馬鹿みたいに真正面から突貫してくる。

教科書通りとは真逆、大雑把の極みのようなその戦闘術。

まるで最初期のサンを思い出すが、その暴威はまさに桁違い。気を抜けば俺の理合いは一瞬で持っていかれてしまうほどの暴虐だ。

「くっ……このっ！」

まるで人の形に圧縮された超大型魔獣のような攻撃をひたすら凌ぎ続ける。

全てをなぎ倒す暴風雨のような絶え間のない理不尽な連打は、その一撃一撃を防ぐ度に身体と剣の両方が悲鳴を上げる。

「おらっ！　どうした⁉　威勢がいいのは口だけか⁉」

それでも焦ってはいけない。

魔力の使用は最小限に、その時々で必要な部位だけに留めろ。機会が来るまでは体力を温存するんだ。

そう考える俺とは逆に、男は細かい制御など知ったことかと強大な魔力で常に全身を覆いながら戦い続けている。

普通なら体力切れを狙いたいが、目の前にいる男の底は全く見えてこない。このまま防戦一方でいれば先に消耗するのは俺のほうだ。

だが、幸いなことにこいつはただの獣だ。まともな理合いは持っていない。持っていないからこその強さ。

故に待っていれば、必ずその機会は……来た！

待っていた弧を描くような右の大振り。命中してしまえば間違いなく決着のつく一撃。

それを剣で弾くのは容易だが、それでは攻撃の主導権を取り返すことはできない。反撃の機会は生まれない。だから俺がやるべきは――

剣を持っていない左手に魔力を込める。

向かってくるのは獣の暴威。それを真逆の人の術理によって迎え撃ち――受け流す！

「ぬおっ!?」

魔力を込めた手を男の腕に添えて後方へといなす。

渾身の一撃をすかされた男の身体は、行き場をなくした自分の力によって逆側へと流れて大きく崩れた。

「そこだっ！」

がら空きとなった男の胴体へと剣先を突き立てる。また金属同士がぶつかったような高い音が鳴る。

尋常ではない魔力を帯びたその身体は、複数の希少鉱物による合成金属でできている剣ですら貫けない。

「はっ！　だから、効かねぇって言って――」

だが、俺の狙いは端からそうではない。

「なら、これはどうだ？」

一呼吸で周囲の魔素を一気に取り込む。

飛翔する収斂せし十本の紫電の槍《フルグル・テンペス・フーガ・ランシア・デケム・シンセシス》。

体内でルーンを繋ぎ、魔法を構築。そして組み上げた魔法を一気に増幅する。

ゼロコンマ一秒にも満たない時間で、一連の流れを実行。

「なっ……！」

剣先に生じた魔法反応による発光を見て男が驚嘆の声を上げるがもう遅い。

直後、杖としての機能も備えた剣の先端に魔法陣が展開され、組み上げた魔法が放出される。

収斂された大嵐そのものである稲妻の槍が、ゼロ距離から男の腹部に命中する。

防御姿勢を取ることもできずにその直撃を受けた男は、獣のような叫びを上げながら後方へと吹き飛んだ。

そして、残った正門の一部に背中から激しく打ち付けられた。

男の身体が門へともたれ掛かるように、ゆっくりと腰から地面へと向かって崩れていく。

単体への攻撃に特化させた大規模魔法。

まともに受ければ大型の竜であっても倒れるはずの代物だ。

だが、その代償として俺もかなりの体力を使ってしまった。

頼むから立ち上がってくれるなよ……。

剣を構え直して、呼吸を整えながらそう祈るが――

「や、やるじゃねぇか……今の流石に効いたぜ……」

祈りは届かなかった。ぷすぷすと身体中から煙を出しながらも男はゆっくりと立ち上がり始める。

こいつは正真正銘の化け物だ……。

「くそっ！　服が黒焦げになっちまったじゃねーか！」

焦げた服の端を指先で摘みながら歩いてくる。

しかし、その足取りはさっきとは比べ物にならないくらい重く見える。今の一撃で向こうも大きく消耗したのは間違いない。

俺も体力を大きく消耗してしまったが、状況はまだ五分と五分だ。

「行くぜ！　クソガキィッ！」

男が野獣のような眼光と共にまた全身に魔力を纏っていく。

「来いよ！　チンピラァッ！」

剣を正眼に構え直して、それを迎え撃つ体勢を取る。

その後も互いに有効打を与えることなく、一進一退の体力を消耗していくだけの戦いが続いた。

「ぜぇ……ぜぇ……て、てめぇ……なかなかやるじゃねぇか……」

「はぁ……はぁ……お、お前もな……」

互いに肩を上下させて、呼吸を荒げながら向かい合う。

このまま戦い続けても、間違いなく決着は永遠につかない。互いの実力は完全に拮抗している。

もし夕日が背景にあれば友情が生まれそうな状況だが、それでもこいつはやっぱり何かムカつく。

根本的な部分で合わない。

「なんすかなんすかー、どかーんぼかーんって聞こえてきましたけどー」

男と向かい合っていると、最初に門が飛んでいった庭園のほうから馴染みある声が聞こえてくる。

他の感覚の警戒を解かずに、視線だけを僅かにその方向に向ける。

壊れた門が横たわっているすぐ側にロゼとリノが見えた。二人は一体これは何事かと、徐々にこちらへと近づいてきている。

危ないからこっちに来るなと叫ぼうとするが、乱れた呼吸のせいで上手く発声ができない。

そうしている間に、更に寄ってきた二人は俺たちの姿を視認した。

「あっ、ハザール様じゃん。ちょりーっす」

「あぁ？　なんだ……誰かと思ったらリノかよ……。てめぇは相変わらず色気がねぇな」

……ん？

「ひどっ！　……っていうか、二人で何してるんですか？　向こうまですんごい音が聞こえてましたけど」

「いや、このクソガキがいきなり俺に楯突いてきやがってな。ちょっと俺流の教育をしてやってたとこだ」

「ほえー、それでやりあってたってわけですかぁ……。でも、フレイ様ってそんな貧乏くさい顔しててほんとに強いんですね。ハザール様とサシでやりあえるってことは」

「まっ……、まああってとこだな」

…………ん？

「ハザール様、お久しぶりです」

「ロゼ、お前は相変わらずいい女だな」

「ありがとうございます。ですが、あまりお暴れになりますと、お体に障りますよ」

「すまんすまん。つい楽しくなっちまってよ」

…………………んんん？？？

「あのー……ロゼさん？　リノさん？　一つ、お聞きしてもよろしいですか？」

ようやく呼吸が整ったので現状を確認したい。

「何でしょうか？」

「なんですかー？」

「二人とも……今、このチンピラのことをなんて呼びましたか……？」

謎のチンピラと普通に談笑している二人に尋ねる。

何かどこかで聞いたことのある名前が何度か出た気がするけど、多分気のせいだよな……。

いや、気のせいじゃないと困る。だって、ただのチンピラだと思って何度も何度も殺す気で攻撃しちゃったし……。

「ハザール様です」

「ハザール様ですよー」

二人は同時に、間違いなく、あの子たちの父親であり、魔族の王であり、そして俺の雇い主である男の名前を口にした。

「は？　え？　こ、このチンピ……じゃなくてこの方が……あの……？」

魔王ハザールは、種族間の紛争によって混迷を極めていた魔族たちを一代でまとめ上げた人類の怨敵である。

人類に伝わっている情報は少ないが、そのことだけは老若男女、誰でも知っている。

「そうですよー、このガラの悪いのがハザール様ですよー……って焦げ臭っ！」

リノが手に持っている箒の柄で焦げ臭い男を指し示しながら言った。

その雑な扱いは明らかに主人に向ける態度ではないが、それでも冗談を言っているようにも見えない。

つまり、このチンピラ風の男が本物の魔王だということだ。

「誰がガラの悪いのだ、しばくぞ」

「んもー、そういうとこですよー。てか、フレイ様は知らなかったんですね」

「いや、それは……知らなかったというか……教えてもらってなかったというか……」

少しでもその風体に関する情報を教えてもらっていれば、もう少しまともな対応ができたはずだった。

そう考えながら、相変わらず人形のように無表情なロゼのほうへと視線を移す。

「なあ、ロゼ……」

「何でしょうか？」

「時間を戻せたりはしないか……？　一時間ほどでいいから……」

「無理です」

流石の有能メイドでも、それは無理らしい。

それにしても魔王が、あの子たちの父親がまさかこんなチンピラ風の男だとは夢にも思っていなかった。

エシュルさんのベタ惚れっぷりやアンナの心酔ぶりからも、もっと厳かな雰囲気の人物を想像していた。

目の前にいる男は、その正体を聞かされた今でも精々スラム街にいるゴロツキの親玉くらいにしか見えない。

「あ？　なんだ、てめぇ……俺に何か文句でもあんのか？　あぁ⁉」

「い、いえ……そ、そんなことは滅相も……」

俺の訝しげな視線に気づいて、魔王が鋭く睨み返してきたので慌てて取り繕う。

しかし本当にどうしよう、知らずとはいえ雇い主をチンピラ呼ばわりした挙げ句、殺す気で大規模な魔法までお見舞いしてしまった。

このままでは試験を前にしてまたクビになってしまう。今はとにかく下手に出るしかない。

「まあその話は後だ。それより、あいつらは元気にやってんのか？」

「はい、お嬢様方はフレイ様のご指導の下で日々精進しておられ、そのご成長のほども目を見張るものがあられます」

「へぇ……なるほどね……」

ロゼにそう言われた魔王が、これまでよりは少し落ち着いた目で俺を見てくる。

よく分からないが許されそうな雰囲気だ。気が短そうに見えて、意外とおおらかな性格なのかもしれない。

「あっ、もしかして～心配になって様子を見に来たんですか～？」

目を細めながら、まるで同級生をからかうような口調で言うリノ。

「ち、ちげぇよ！　たまたま通りかかっただけに決まってんだろ！」

「またまたそんなこと言っちゃって～、んも～素直じゃないんですから～」

「うるせぇ！　尻尾引っこ抜くぞ！」

「きゃ～！　穴が増えちゃう～！」

二人は主従というよりは、気の知れた友人同士のようなくだらないやり取りを繰り広げている。

リノはただの下っ端掃除係だと思っていたが、魔王とここまで対等に話せるってことはもしかして意外と大物なのか……？

「しっかし……こいつが……あいつの……」

魔王が再び俺に視線を移して、門の向こう側にいた時と同じ値踏みするような目つきでじろじろと見てくる。

雇い主であると知った今でも、そうされると何故だか無性に腹が立つが今は堪える。

「そ、その……し、知らなかったとはいえ、大変な失礼を……」

「あぁ？　失礼だぁ？　あんなもん、俺のシマじゃ失礼の内にも入んねぇよ！　ぶっ飛ばすぞ！」

「ははは……ですよねー……」

よく分からない怒りだが、今はとにかくこれ以上は刺激しないのが吉だ。

「ロゼ、こいつは本当にちゃんとやってんのか？」

「はい、フレイ様は大変よくやっておられています」

「ほんとかぁ？　まあ……それもすぐに分かることか……」

そう、試験まではもう僅かな時間しか残されていない。魔王の言う通りに俺の成果はもうすぐに分かる。

もしかしたらその前にクビになってしまうんじゃないかと危惧したが、この様子だとそれはなんとか回避できたようだ。

「そんじゃ、ここでずっと立ち話もなんですし、お屋敷のほうに案内しますよー」

「いや、それはいらねぇ。俺はもう帰る」

屋敷へと案内しようとしたリノに対して、間髪入れずに魔王はそう応えた。

「え？　もう帰るんですか？　お嬢様方に会っていかれないんですか？」

「おう、女どもには会うなって言った手前はな。まあ元気にやってんならそれでいい。どうせすぐに会うことになるしな」

女どもというのはあの子たちの母親のことだろう。その中の一人は指示を無視してひっそりと会いに来てたけどな……。

「そうですかー……では、お帰りはあちらからになりまーす」

リノがそう言いながら、箒で半壊している正門のほうを指し示した。本当に主人に対してとは思えないほどに雑な対応だ。

「おう、そんじゃ――」

魔王が踵を返して壊れた正門のほうへと向かおうとした時――

「父上！　父上ですか⁉」

壊れた門の片割れがある方向。つまりは庭園の方向から誰かの声が響いてくる。

「あぁ！　やはり父上だ！」

声が聞こえてきた方向へと視線を移す。燃え盛る炎のように赤い髪をなびかせながらアンナがこちらへと駆け寄って来ていた。

「お……おぉ……アンナか……」

すぐに側へとやってきたアンナに向かって魔王が声をかける。

その顔には会うつもりはなかったのに会ってしまったことに対するバツの悪さがはっきりと浮かんでいる。

「はい、父上！　お久しぶりです！　アンナです！」

俺に向けるものとは全く違う声色で父親へと挨拶をするアンナ。

「おう、久しぶりだな……。元気にやってたか？」

「はい！　父上もご健勝そうで！」

アンナはその顔に俺には一度も見せたことのない柔らかい笑顔を浮かべている。

それを見て感じたのは妬ましさなどではなく、アンナもこんな表情を誰かに向けることがあるのかという微笑ましさだった。

なので父上の腹部は真っ黒焦げになっていて、あまりご健勝そうには見えないというのは今のところ置いておこう。

「ちゃんと、こいつとロゼの言うことは聞いてっか？」

魔王が視線をアンナへと向けながら、親指をクイっしさせて俺を指し示す。

「え？　あ……はい……、それは……もちろん……」

少し口籠りながら答えるアンナ。

しかし、その返事の半分が嘘だということは俺が一番よく知っている。

確かに授業は真面目に聞いているし、授業中であれば俺からの質問などにも答えてくれる。

しかし、どこか一歩引いているというか、真面目に取り組んでいないというか、もっと言えば俺のことを見下しているようなところがある。

他の姉妹たちと同じように、授業とは別の訓練にも誘ったことは何度もあるが、その度にはっきりと拒絶されていることからもそれは分かる。

もちろん、どうにかしたいとは思っているが、取り付く島もないというのが現状だ。

「……そうかい。まあ、もうすぐに試験だ。そこでお前らの成長を……しっかりと見せてくれりゃあそれでいい」

アンナへと向かってそう語る魔王の口調と視線から、正体の分からない小さな違和感を覚える。

「はい！　必ずや父上のご期待に応えられるように精進します！」

アンナは父親の妙な様子に気づくことなく、ただ憧憬の眼差しで顔を見上げている。

「今日はお泊りになられるのですか？　でしたら是非食事はご一緒――」

「いや、もう帰る」

「あっ、そうなのですか……。いや、父上はお忙しい……当然か……」

寂しそうに一人で納得するアンナ。

ファザコンといえば微笑ましいが、その様子にはさっきから何か引っかかるものがある。

「おう、そういうわけだ。あんまり城をあけすぎると年寄りどもにどやされるしな」

「ハザール様」

「ん？　どうした？」

これまで二人のやり取りを俺と同じように黙って聞いていたロゼが一歩踏み出して、魔王へと声をかける。

その瞳には何やら強い意思が浮かんでいるように見える。

「お帰りになられるのは構いませんが、その前にやってもらわなければならないことが残っています」

「あ？　なんだそりゃ……なんかあったか……？」

「門の修理をお願いします」

ロゼが魔王のほうを見たまま、手を真っ直ぐに伸ばして庭園の手前で滅茶苦茶にひしゃげてしまっている門を指差す。

「……やんなきゃダメか？」

「はい、ダメです。不埒な輩が入って来ないためには必要なものなので」

門を蹴破った父親でなければ完全に不埒な男に対して、ロゼがきっぱりと告げる。

「ったく……仕方ねぇな……」

頭を掻きながら渋々了承する魔王を見て、少しだけ胸がすく。

魔王と対等に話すリノにも驚いたが、ロゼに至っては魔王に命令をしている。

魔族の力関係は一体どうなっているんだ。もしかしてこの二人のメイドは俺が思っているよりも偉いのか……？

「もー……ほんとに馬鹿力なんですからー……大変ですよー、あれを直すのー……」

「脆すぎんのが悪ぃんだよ。もっと丈夫なのを使っとけ」

「父上、私もお手伝――」

「いや、いらねぇ。それより、時間もねぇんだからお前はしっかりと自分のやるべきことをやってろ」

「え……は、はい……分かり……ました……」

もはや崇拝していると言える父親にやんわりと拒絶されたアンナが、再び寂しそうな表情を浮かべる。

そんなアンナをあまり気にかけることもせずに、魔王は二人のメイドと共に壊れた門のほうへと歩いていく。

そして、この場には俺とアンナだけが残された。

「なあ、アンナ」

寂しそうに佇んでいるアンナの横顔へと向かって声をかける。

「ん？　どうした？」

アンナは一呼吸置いてから、表情を少し冷たさを感じる俺用のものへと作り変えた。

「父親もああ言ってることだし、やっぱりお前も他の皆と一緒にだな……」

傷心につけ込むというわけではないが、今ならもしかしてと考えて提案する。

「くどいぞフレイ。何度も言っているが、私には私のやり方というものがある。それを理解してくれ」

「そうは言うけどな……。一人だと気づけないことに気づけたりもするし、それにあの子たちもやっぱり姉が――」

「失礼する」

俺の言葉を遮り、アンナの口から何度も聞いた明確な拒絶の言葉がまた告げられる。

そうしてアンナは門の修理をしている父親のほうを一瞥してから、屋敷のほうへとスタスタと歩いていった。

先刻考え損ねたもう一つの懸念事項である長女の背中を見送る。

アンナの成績や実力には何の申し分もないはずだ。あの子が不合格になるという場面は想像がつかない。

それでも何か名状しがたい嫌な予感がする。

だが、それが何なのかは分からない状態で時間だけが過ぎていき、俺たちは遂に試験の日を迎えることになった。

二章

試験が行われる日の朝、俺たちは全員がロゼのもとへと集められた。

「おはようございます。早速ですが、本日は予てよりご説明しておりました試験が行われる日となります」

七人も入ると手狭な部屋の中、始めにロゼが形式張った挨拶をした。

それに対してフェムはマイペースに、フィーアは緊張しながら、サンは眠そうに、イスナはいつもの朝と変わりなく、アンナは自信に満ち溢れた口調で、それぞれの心情を表すような挨拶を返していく。

「試験はどこで行われるんだ？　まさか、この屋敷じゃないだろうな？」

いつも朝練を行っている裏の広場で行われる可能性も考えたが、それでは流石に味気ない。

「試験はハザール様の本城内に備えられた会場にて行われます」

「魔王の本城まではどうやって移動するんだ？」

そもそも、ここは一体魔族領域のどの辺りに位置しているのだろうか。

詳しい場所を調べたことはないが、建物の上階から周囲を見渡してもあるのは森と山だけで、魔王の本城が近くにあるような場所でないことだけは確かだ。

「ハザール様の本城への転移魔法をご用意してあります」

「転移魔法、そいつはまた随分と豪勢なもてなしだな……」

転移魔法は精通していない者には人や物を移動させるだけの単純な魔法に思われがちだが実態はその真逆だ。

空間を歪めて二つの地点を繋ぐというのは非常に多くの手間と対価が必要で、高度な魔法の一種とされている。

そういえば俺がここに連れて来られた時にも使われていたな。大量の高級素材といい、そろそろ屋敷の財政が心配になってくる。

「それでは、ご準備はよろしいでしょうか？」

ロゼに対して、各々が再び了承の返事を返していく。

そうして全員の覚悟が決まっていることが確認されるとロゼが部屋の奥にあった扉へと手をかけた。

その様子を見ていると、あの夜の森での出来事が脳裏を過る。あれからもう三ヶ月もの時間が経過したことがにわかには信じられない。

この子たちの出会いから魔王とのタイマンまで、本当に色々なことがあった。人生というやつは本当に何が起こるのか分からない。

それでも、まだ途中の出来事に過ぎない。ここで躓くわけにはいかない。必ず全員を合格に導かなければ……。

心の中で気合を入れ直していると、ロゼがドアノブを回した。ゆっくりと扉を開かれていく。

次の瞬間、強烈な光と共に扉の向こう側から割れんばかりの歓声と凄まじい熱気が襲ってきた。

「うわっ！　な、何⁉　うっさいなぁ！」

優れた感覚器を持ち、特に音には人一倍敏感なサンがそれを受けて尖った耳を両手で押さえながら眉を顰める。

「おーい！　さっさと入ってこーい！」

「この声は！　父上！」

扉の向こう側から聞き覚えのあるガラの悪い声が聞こえてくると、まずはアンナが扉の向こう側へと駆け出した。

続いてイスナ、サンと年齢の順番に次々とその向こう側へと姿を消していく。

「フレイ様も、どうぞ……」

ロゼに促されて、光の向こう側へと足を踏み出す。

扉の向こうに足を踏み入れた瞬間、最初に感じたのは眩しい光の中で体表全てが震えるような感覚。

続けて全身がひりつくような圧を感じながら、視界が徐々に戻ってくる。

数秒後に鮮明になった視界が捉えた光景は、まるで大きな岩の内部をくり抜いて作られたような円形の闘技場とでもいうべき屋内の会場だった。

その中心へと降り立った俺たちの周囲を取り囲むように観客席のようなものが備えられており、そこにはこれまで見たこともない大量の魔族たちがひしめいている。

全身に感じていた圧の正体が、全方位から浴びせられる彼らからの歓声によるものだということに少し遅れて気がついた。

「きゃー！　アンナ様カッコイイー！」

「サン様ー！　頑張れー！」

「フィーア様～！　フェム様～！」

「イスナ様ー！　こっちを見てください！　豚の死骸に湧く蛆を見るような視線をください！」

竜人、エルフ、オークなど様々な種族の魔族たちが姉妹たちに向かって大きな声で声援を投げかけている。

魔王の娘というだけあって流石の人気だ。当たり前だが俺への声援は一切ない。

しかし、これは一体どういう状況なんだ……。

俺だけではなく、流石に皆もこんなことは想定していなかったのか面食らっているのがはっきりと分かる。

その答えを求めるべく、正面にいるあの男へと視線を向ける。

他の観客席より一段高くなっている少し凝った造りの場所。

その中央に備えられた大きな椅子に、あの子たちの父親であり、会場中にひしめく魔族たちの王である男の姿があった。

「よう！　よく来たな！」

大歓声の中でもはっきりと聞こえる凄みを含んだ声を魔王が発する。

少し前に会った時はまるで路地裏にいるチンピラのような服装をしていたが、今回は大きなマントを羽織り、ところどころに装飾の付いた多少は威厳のある格好をしている。

その周囲に侍らしている五人の見目麗しい女性たちは誰に言われなくても、俺の生徒たちの母親であるということが分かった。

まるで初めて教室でこの子たちと会った時を思い出すほどに、五人全員が個性的な出で立ちをしている。

その中にいる一人だけ見知った薄い緑髪の女性――イスナの母親であるエシュルさんが、俺たちへと向かって小さく手を振っている。相変わらず胸がデカい。

それから初めて見る他の四人の姿を、一人ずつ確認していく。

まずは魔王の隣に座っている赤い髪の女性。

背中から生やした大きな翼を折りたたみ、儀式的な趣がある服に身を包んでいるその人は竜人族の巫女であるというアンナの母親だろう。

翼以外にもその服の下から伸びている太い尻尾と頭の横から後ろに向かって鋭く伸びた角は純度百パーセントの竜人族の特徴だ。

じっと動かずに魔王の隣に座っている姿は服装も相まってどこか神秘的な印象を受ける。

続いては、エシュルさんの隣に座っている青い短髪に褐色肌の女性。

エルフ種特有の長く尖った耳を持つその女性は見たままにサンの母親であるということが分かる。

試験という改まった場であるにも拘らずに、ラフな印象を受ける動きやすそうな服に身を包んで、顔には親しみやすそうな笑顔を浮かべながら隣にいるエシュルさんと談笑している姿はサンと瓜二つだ。

一段高い場所から、こちらへと向かって放り出している素足を何度も組み替えているのは目に毒だ。

次に少し離れたところで腕を組んで立っている少し小さな身体の茶色い髪の女性。

鋭い目つきに加えて、襟の立った黒いマントと血のような濃い赤を基調とした衣服が印象的だ。

聞いていた話を統合すると、それがフィーアの母親であるということはすぐに分かった。

身体は想像していたよりも大分小さいが、その堂々たる立ち姿からはイスナが女版魔王だと言っていたのがよく分かる壮烈さを有しているのが感じ取れる。

何を考えているのかまでは分からないが、その鋭い視線はフィーアのほうをじっと見据えている。

そして、最後の一人。娘よりも更に高い透明度の女性は間違いなくフェムの母親だ。

腰ほどまである長い透明感のある銀髪に眠そうにも見える細い目。

身体には顔以外の素肌がほとんど隠れる華やかな白い服を全身に羽織っている。

確か、東方にある小さな島国の伝統衣装がこんな感じだと何かの文献で読んだ記憶がある。

あまり馴染みのない様式の服装だが、透明感のある綺麗な銀髪と合わさって妖しげな品の良さがある。

しかし、当の本人は俺たちがやってきたことにも気づいていないような様子でぼーっと虚空を眺めている。もしかして、寝てるのか？

「えーっと……これは一体どういうことでしょうか!?　ここが試験会場であっていますか!?」

母親たちから再び視線を魔王へと戻して、歓声にかき消されないように声を張って尋ねる。

「おう！　もちろんそうだ！　どうせやるならこのくらい派手にやったほうが面白いだろ!?」

魔王はそう言って、大きな声で笑う。

「ほんっと……お父様らしいっていうか……」

「うぅ……う～る～さ～い～……」

やれやれと呆れるような素振りを見せるイスナの横で、サンはまだ耳を両手で押さえながら唸っている。

娘たちの人生における重要な転換点を見世物にするのはどうかと思ったが、この子たちは将来的にこの観客たちを率いていく立場になるわけだ。

それなら今この場でそいつらに対して実力を示すというのは悪くないかもしれないし、このくらいぶっ飛んだ状況のほうが、かえって緊張しなくて済むのかもしれない。

もしかしたら、そこまで考えて……と一瞬思いかけたが、椅子にふんぞり返って馬鹿みたいに笑っている魔王の姿を見て、それはないなと即座に考え直した。

「そんじゃ……ロゼ。そいつらに試験の方法を説明してやれ」

その言葉を聞いて振り返ると、さっきまではいなかったはずのロゼの姿がそこにあった。いつの間にか向こうからこっちに転移していたらしい。

「畏まりました。それでは試験に関してご説明させていただきます」

ロゼが俺たちへと向かって説明を始める。その透き通った声色はこの喧騒の中でもよく聞こえる。

「試験は一人ずつ順番に行われます。内容はそれぞれ異なり、あらかじめ決められた条件を満たすことで合格となります」

「単純だな。分かりやすくていい」

「試験の内容は教えてくれないの？」

イスナがロゼへと尋ねる。

「はい、試験が始まるその瞬間までは伏せさせていただくことになります」

「えー……。じゃあさ、もしかしたらあたしがいきなり紙のテストをやれとか言われちゃうかもしれないわけぇ？」

自分の試験がそうなる可能性を想像したのか、顔を青ざめさせながらロゼに詰め寄るサン。

「その点に関してはご安心ください。お嬢様方がこれまで成してきたこと、それを加味した上での試験となっております」

「成してきたこと……うーん……だったらいいけどぉ……」

「いずれにせよ。私はただ与えられた試験を完遂するのみだ。父上のために」

まだ疑念を抱いているような様子のサンに対して、アンナは如何なる試験であっても自分が落第することはないという自信を溢れさせている。

それぞれにどんな試験が与えられるかは定かではないが、この会場から考えると戦闘に関するものが基本になりそうだ。

「よーし！　そんじゃあ、準備ができたら一旦後ろに下がれ！」

魔王の指示を聞いて、ロゼより更に後ろへと視線を移すと、受験者を除いた者たちが待機するらしき場所があった。

ロゼを含めた七人で、その場へと移動する。

全員が待機場所へと移動した直後、闘技場の四隅にある石柱が魔法反応による光を放ち始める。

そして、瞬く間に薄い半透明の膜がその中央を正方形に囲った。

目視できるほどの高密度な魔法障壁。

外からの介入を防ぐためか、あるいは中からの巻き添えを防ぐためか。どちらにせよ、これから始まるのがあまり穏やかな試験ではないということだけは確かだ。

「よっしゃ！　準備は整ったな！　そんじゃあ、早速一人目から行くぜぇ！　呼ばれなかった奴もしっかり応援はしてやれよ！」

魔王の言葉に対して、再び大きな歓声が上がる。

「え、ええ!?　も、もうですか？　わ、私……まだ心の準備が……どうか一番最初だけは……」

フィーアは顔の前で両手を合わせて、どうか自分が一番手にならないことを祈っている。

フェムもフィーアほどではないが緊張しているように見える。

サンは何故か自分が一番手にならないと高をくくっているのか、呑気に大きなあくびをしている。

アンナとイスナは既に準備万端、どんな順番でも問題ないといった様子を見せている。

魔王の口がゆっくりと開かれる。

「一人目は…………………サンだ!!」

溜めに溜めて一人目の名前が告げられると、闘技場を取り囲む観客たちは更に大きく沸いた。


「え!?　ええーっ!?　いきなりあたしー!?」

「ああ、そうみたいだな」

「嘘でしょ～……こういうのって普通は一番上か、一番下からなんじゃないの～……？」

五人姉妹の真ん中、三女である自分が一番最初に呼ばれるとは思っていなかったサンが、先刻まで眠そうにしていた目を大きく見開いて驚愕する。

「決まった以上は仕方ないだろ。ほら！　頑張ってこい！」

「はぁ……仕方ないかぁ……」

ブツブツと文句を言うサンの背中をフレイが押して、場内へと送り込む。

「俺の教えたことを全部出せば、お前にはどんな試験でも合格できるだけの力はもう備わってる。しっかりとやるんだぞ」

「サンちゃん、頑張ってね」

「お姉ちゃん……気をつけて……」

「まっ、頑張ってきなさい。でも無茶だけはするんじゃないわよ」

フレイと姉妹たちが、会場の中央へと向かって歩いていくサンの背中に向かって激励を行う。

「あたしが一番に合格して、みんなに弾みをつけたげる！　にしし！」

大きな歓声と姉妹たちの激励を受け、いたずらっぽく笑いながらサンが会場の中央へと向かって歩いていく。

展開された魔法障壁の側まで到達すると、その一辺が音もなく消えた。

「ここから中に入れってことー!?」

「そうだ！」

「りょうか〜い！　よっ……と！」

サンが地面を蹴って軽快に跳んで中に入ると、再び魔法障壁が展開される。

フレイや他の姉妹、外の誰からも手出しできない密閉空間にサンが閉じ込められる。

「父様、久しぶりぃ！」

背後からは四人が少し不安げに見守る中、サンが久しぶりに会った父親に対して障壁越しに軽い挨拶をする。

「よう、見ない間にちったぁデカく……なってねぇな。相変わらず、薄いというか……」

「何それ……どこ見て言ってんの……？　父様も相変わらず変わってないね」

久しぶりに会った娘に対して、その身体の一部位を見ながら言う父親に対して、サンは怪訝な視線で応える。

「お前自身はどうなんだ？　この三ヶ月で何か変わった自覚はあんのか？」

「んー……どうだろ、結構強くなったとは思うけどフレイとしかやってないから自分ではあんまり分かんないんだよねー……いつもやられてるし」

「そうかい。まあ、その成果は今から存分に見せてもらうことにするか」

「うん！　そんで、あたしは何すればいいの？　まさか本当に紙のテストとか言わないよね？」

「そんなこたぁねぇから安心しな。お前への試験はそうだな……まずこいつは見てもらったほうがはえーな。おい！」

魔王が近くに待機していた一人の部下に合図を送る。

直後、大歓声を割って地の底から響いてくるような低音が場内に鳴り響き始めた。

聞く者の身の毛をよだたせるようなその音は、魔王たちがいる場所の真下に付いた門の向こう側から徐々に場内へと近づいてくる。

そして、それが獣の唸り声であることに場内にいる誰もが気づいた次の瞬間——

堅固な門が突き破られ、吹き飛んだ金属製の門が凄まじい勢いで魔法障壁へと叩きつけられる。

続けて聞く者の身の毛をよだたせる咆哮と共に一匹の巨大な獣が場内へと躍り出た。

体躯は巨大な獅子でありながら、その頭部には獅子を挟むようにして二つの全く異なる生物のものが付いている。

左には悪魔のような角を生やした山羊、右には毒々しい瘴気を口から漏らす大蛇。

三つの頭部がそれぞれ異なる奇妙な咆哮を上げる。

それがキマイラと呼ばれる凶悪な魔獣であることを会場にいる誰もが知っていた。ただ一人を除いては——

「うわっ！　何こいつ！　きもっ！」

まさしく異形と呼ぶにふさわしい獣を見たサンが驚嘆の声を上げる。

しかし、座学の知識に乏しいサンは、それが非常に獰猛で凶悪な魔獣であることまでは理解していない。

「なんだ？　もう怖気づいたのか？」

「別にそういうわけじゃなくて……ただ、頭いっぱいで気持ち悪いなー……って思っただけ」

魔法障壁越しにサンがキマイラの姿をジロジロと観察する。

一方のキマイラも三つの首についた合計六つの目で、自らに差し出された獲物であるサンの姿を見据える。

「ねぇ父様、もしかしてこいつがあたしの……？」

事情を概ね察したサンが、視線を父親のほうへと戻しながら尋ねる。

「そうだ！　お前の試験はこいつをぶっ倒せば合格！　それだけだ！　単純で分かりやすいやつで良かったろ⁉」

「こいつを……にゃはは！　そうだね！　うん、こういうので良かったよ！」

その単純明快な試験の説明を受けたサンは全く物怖じせずに笑い、その場で準備運動を始める。

「ちょ、ちょっと……あれ本当に大丈夫なの……？　あんなに大きいの……流石に危険すぎるわよ……」

「サンちゃん……」

妹と魔獣を見比べながらその身を案じるイスナとフィーア。

突如現れた魔獣の威容に気圧されて観客たちも黙り込み、場内が魔獣の唸り声を除いて完全な静寂に包まれる。

「あいつなら大丈夫だ。信じて待ってやれ」

そんな中でフレイだけがサンのことを信頼し、心配そうにサンの背中を見つめる姉妹たちへとそう言った。

「そんじゃあ……開始だ！」

魔王の号令に合わせて、両者の間を遮っていた障壁がすっと薄くなって消えた。

直後、キマイラがその巨体からは想像もできないほどの俊敏さでサンへと襲いかかった。

そのまま一切の躊躇もなく、凶悪な爪の生えた手を小さな獲物へと向かって横薙ぎに振り抜く。

「あっ……ぶなっ!!」

当たれば一撃で終わってしまう攻撃を、サンが軽業師のような軽快な後転で回避する。

沈黙に包まれていた観客席から再び大きな歓声が上がる。

だが相対するのは正真正銘の獣。その運動能力の高さはサンに勝るとも劣らない。

サンの胴回り以上の太さがある四足と長く伸びる大蛇の頭を巧みに使い、手数の多さで反撃の隙を一切与えない。

「はっ……！　よっ……！　このっ……！　ちょっとは、落ち着け……っての！」

サンは身体の必要な部分にのみ強化を行いながら、落ち着いて絶え間のない攻撃を躱し続ける。

魔力の部位移動にはまだぎこちなさが残っているが、それは天性の身体能力と野生の勘で補われている。

対するキマイラも自らより遥かに小さな獲物を相手取っても一切慢心する様子を見せない。その巨体に似つかわしくない小賢しさを以て、じわじわとサンを追い込んでいく。

まるで宙を舞う木の葉のようにひらりとサンが攻撃を躱す度に、観客たちが何度も沸く。

それでもこの試験の目的は敵を倒すことであり、防戦一方のままではいつまで経っても終わりは来ない。

「この……デカブツめ！」

縦に踏み潰すように振られた前足の攻撃を回避したサンが僅かな隙をついて側面へと回り込む。

そこから魔力を込めた掌打をキマイラの側面へと叩き込んだ。

それは全身に鎧を纏った精鋭の兵士でさえ昏倒させるほどの一撃。

だがキマイラはほんの一瞬の怯みを見せただけで、すぐにサンへの攻撃を再開する。

「くっそー！　なんで今のが効いてないのー!?」

渾身の一撃があっさりと耐えられたサンが悔しそうに歯噛みする。

その疑問の答えは、キマイラの体皮にある。

全身を覆っているそれは単に分厚いだけでなく、まるで大きさの合っていない服を着ているかのようにたわんでいる。

そのたわみによって表面への打撃は力が分散され、有効打となりえない。

故に打撃を主体にして戦うサンにとって、最悪に近い相性の敵であった。

「サン！　落ち着いて戦えば必ず突破口はあるはずだ！　焦るな！」

フレイからの鼓舞を受けてサンは冷静さを取り戻す。

それでも攻撃の主導権はまた完全に握られており、ただ回避に徹することしかできない。

「わっ！　このっ！　あぶなっ！」

苦戦を強いられながらも敵の攻撃を凌ぎ続けるサン。

反撃の目処は全く立っていないにも拘らず、その顔に諦念の色は一切ない。

必ずや訪れる反撃の機会を逃さない鋭い眼光と、更なる強さへの渇望だけがそこにある。


サンは魔王ハザールの三番目の子として世に生を受けた。

魔族界東部の大森林地帯にあるエルフの里で魔王の娘として何一つ不自由なく育まれ、周囲の扱いからサン自身も自分にはそうされるだけの力があるのだと子供ながらに考えていた。

そんなサンが八歳の時、彼女の思想が大きく変わる転換点となる出来事が起きた。

いつものように森で遊んでいたサンは、同年代の女の子が年上の男子たちにいじめられている場面に遭遇した。

大きな身体を持つ男子たちに囲まれて泣いてる女の子を見て、力のある自分が助けなければとサンはその場に躍り出た。

その後、サンが目を覚ましたのは暖かいベッドの上だった。

女の子をいじめていた男子たちは、最近里へと入植してきたばかりの家族の子だった。故に乱入してきたサンが魔王の娘であることを知らなかったのである。

後にその三人は両親と共にサンへと土下座することになったが、サンはそんな彼らの姿をどこか他人事のように眺めていた。

そして、これまで自分の力であると思っていたものは、父親の力でしかなかったことに気がついた。

自分は父親に守られていただけで、力のないただの子供でしかなかったということに。

その後、二度とあんな悔しい思いをしたくないと考えたサンは、誰にも頼る必要のない個としての強さを求めるようになった。

しかし、他人を頼らなくなったことが仇となり、秘めた才能は逆にその真価を発揮する機会を失っていた。


しかし今、フレイと出会ったことで遂にその真価を発揮したサンは強くなったことを喜ぶように笑顔で場内を跳ね回る。

場内にいる観客たちも魔王の娘としてではなく、一人の武道家として戦うサンの姿を見守っている。

「てりゃぁっ！」

キマイラの隙を突いてサンが何度も打撃を叩き込むが、その分厚い皮の前に有効打を通すことはほとんどできていない。

攻撃こそ避け続けているが、その身体には徐々に疲労が蓄積し、汗が滲み出している。

いくらサンが身体能力に優れたエルフ種であるとはいえ、魔獣と体力比べをするのは分が悪い。このまま無策で戦い続ければいずれ捉えられる時が来る。

観客たちがそう考えた次の瞬間――

キマイラがその爪で下から上に斬り上げるような一撃を放つための動作に入る。

それを見たサンはこれまでのように左右に避ける動作を見せずに、真っ向から迎え撃つ体勢を取った。

無謀とも取れるその行動に観客たちからは驚嘆の声が上がる。

「よし、それだ……！」

ただ一人、サンが持つ逆転の術を知っているフレイだけが、その意図を理解してグっと強く拳を握りしめた。

キマイラが爪を振り上げる。サンは待ってましたと言わんばかりの不敵な笑みを以て迎え撃つ。観客たちは目を覆う。

しかし、観客たちが予期した大惨事は起こらなかった。サンは振り上げられるキマイラの手を踏み台にしていた。

魔獣とエルフの膂力が合わさり、小さな身体は遥か高くの天井近くまで到達する。

周囲の時間の進みが遅くなったかのような錯覚を覚えるフワりとした跳躍。

息を止めて戦いを見守っていた者たちが、ようやく一息つけるような長い滞空時間が訪れた。

当然、サンは休憩するために一歩間違えれば大惨事に繋がりかねない危険な行動を取ったわけではない。

「まだ……これだけは結構時間がかかっちゃうんだよねッ！」

空中でしっかりと姿勢を制御しながら、周囲の魔素を取り込んで呪文を詠唱しはじめる。

彼女に必要だったのは、切り札である魔法の詠唱を完遂させるための時間であり、そのために空中という安全圏へと退避した。

サンの体内へと取り込まれた魔素が、結び付けられたルーンによって風の魔力へと変換されていく。

本能的に脅威を察したキマイラが上空のサンを六つの目で見据えながら、大きな唸り声を上げる。

その爪も牙も空中にいるサンには届かないが、魔獣にも切り札と言える武器が残されていた。

人が魔法を詠唱するのと同じように、周囲の魔素がその巨体へと集まり始める。

その数秒後、三つの口から同時に火炎が、空中にいるサンへと向かって放射された。

高密度の業火が熱線となり、一直線にサンへと向かう。

「サンちゃん！　危ない！」

フィーアが障壁の向こう側へと向かって叫ぶ。

その声がサンの耳に届いた時、既に彼女の詠唱は完遂されていた。

「ぶっつけ本番だけど……いっけぇえええええっ！！！」

全身に風の魔力を纏ったサンが叫ぶ。

自分の身体をまるで一本の槍と化したように、地上にいるキマイラへと向かって急降下させる。

中間地点でぶつかった業火を一瞬の内に切り裂く。

その勢いのまま、上空へと向けられた三つの頭部の中央、獅子の額にサンの細い足が突き立てられた。

その一撃は硬い額を砕いて獅子の頭部に断末魔の叫びを上げさせる。

しかし、キマイラの頭部は三つがそれぞれ独立した意識を持っている。その一つを倒しただけでは他の二つはまだ健在であった。

残った二つの頭部は中央の一つがやられたことを気にせずに、無防備になっているサンへと挟撃を行う。

「サンちゃん！　横！」

危険が迫るサンにフィーアが叫ぶ。観客たちも一様にサンの身に迫る危険を前にして言葉にならない悲鳴を上げる。

サンの放った攻撃の隙は大きい。

返しの挟撃を避けることは不可能だということは誰の目から見ても明らかであった。

そんな中でただ一人、フレイだけが全く別のことに注目していた。

それは一ヶ月前にサンから提案され、二人で考案したその技の完成度だった。


『内側から？』

『うん、こうやって木を蹴るじゃん。そしたら外側がバーンってなるじゃん？』

『バーン……？』

『その力をさ、なんて言えばいいんだろう……内側でボカーンってなるようにできたりしないかなー……って思ったんだけど』

『ボカーン……？』

『そう、ボカーン！』

『いやまあ……言わんとしてることは分かるけど、力を内側に……か……』

『やっぱり無理かなー？　なんか朝起きたらピーンって来たんだけど……』

『バーンとかボカーンとかピーンとか本当にお前は感覚派だな……。でも、そうだな……確かどこかの国の伝統武術にそんな打撃の技があったような気も……』

『ほんとに!?　じゃあ！　一緒に考えてよ！　あたしの必殺技！』

一ヶ月前の会話を追想しながら見守るフレイの眼前で、共に考案した必殺技が今、魔法の力を以て実現される。

サンへと襲いかかろうとしていた二つの頭は攻撃を中断し、もがき苦しみ始めた。

放たれたのは風の魔力による加速力と人間を遥かに上回る天性のバネから繰り出された浸透勁と呼ばれる持続する打撃。

その力積は目に見えない嵐となってキマイラの体内で暴れまわり、身体を内側から破壊していく。

それにより生命を司る重要な器官を内側から破壊されたキマイラは、最期に三つの頭がそれぞれ耳をつんざくような断末魔の叫びを上げ、絶命した。

「ほっ……と！」

弛緩していくキマイラの頭部をもう片方の足で軽く蹴ったサンが、空中で軽やかに一回転して着地する。

それと同時にキマイラの巨体が音を立てて地面に沈んだ。

「つんつん……、もう動かないよね？　うん、動かない……いぇい！」

サンが地面に倒れた魔獣の身体をつま先で何度か突く。

それがもう二度と動き出さないことを確認すると、フレイと姉妹たちのほうへと勝利を示す二本指と笑顔を向けた。

直後、今日一番の大歓声が観客席から巻き起こった。

「うわっ！　うるさっ！」

歓声に応えずに、うるさそうに耳を押さえるサン。

フレイと姉妹たちは今すぐにでも駆け寄って行きたい衝動を堪えながら、妹が無事に試験を突破した喜びを分かち合う。

「父様！　どう!?　倒したよ！」

サンが耳を押さえたまま、魔王のほうを向いて歓声にかき消されない大きな声で尋ねる。

魔王の視線は、ピクリとも動かなくなったキマイラを数秒ほど見据えてから再びサンのほうへと向けられる。

「合格だ！」

そして、一人目の合格を告げる短い言葉がその口から発せられた。

「合格!?　ほんとに!?」

「ああ、文句なしだ！　やるじゃねぇか！」

「やった！　やったー！　みんなー！　あたし合格だってー！」

割れんばかりの歓声が続く中で、サンはフレイや他の姉妹たちが待つ方向へと向かって大きく手を振り、飛び跳ねながら喜びを表現する。

「よくやったわね！　今回は認めてあげるわ！」

イスナは歓声に紛れないように声を張り上げながら、妹に素直ではない祝福の言葉を贈る。

「サンちゃん！　おめでとー！」

フィーアも続けて祝福の言葉を送る。同じ年の姉が合格したことで、その顔からは会場に来た時と比べて緊張の色が薄くなっている。

「よっしゃー！　よくやったぁ！　流石はあたしの娘だ！」

魔王の隣でこれまでは静かに座っていたサンの母親が興奮して立ち上がり、全身で喜びを表現する。

「まあ、俺はあんくらいの年には古龍をぶっ倒し……痛っ！　何しやがる！」

「あんたは一言余計なんだよ！　素直に喜んでやればいいでしょ！」

「殴るこたぁねぇだろ！　この暴力女が！」

「誰が暴力女だ！　この馬鹿亭主！」

サンの母親が、更に魔王の頭を何度も叩く。

「いてっ！　こらっ！　分かった！　分かったからやめろって！　さ、サン！　お前は一旦戻ってもいいぞ！」

「あ、うん……じゃあ父様、また後でね！」

母親に叩かれ続けている父親に背を向けて、出発時よりも軽快な足取りのサンが姉妹たちのもとへと戻っていく。

「よくやったサン。信じてたぞ」

「うん！　一緒にやった成果！　全部出してきたよ！」

「ああ、俺も誇らしいぞ。本当に見事だった」

「えへへ、そんなに褒められるのって初めてだからなんか照れくさいなぁ……」

待機所に戻って来るや否や、フレイからこれまでにないほどに褒められたサンが照れくさそうに笑う。

「サンちゃん、おめでとー、すごかったよー」

「サンお姉ちゃん……まあまあカッコよかった……」

「でしょでしょ～なんたってあたしの必殺技だかんね～」

続いて祝福の言葉を口にしたフィーアとフェムに対しては得意げにするサン。

「フィーア、フェム、お前たちもサンに続くんだぞ」

「は、はい！　頑張ります！」

「うん……分かってる……」

フレイが二人に発破をかける裏で、動かなくなったキマイラが魔王の部下であるオークたちの手によって撤去されていく。

あっという間に場内はサンの試験が始まる前の状態へと戻った。

「よーし！　それじゃあ次だ！　次いくぜ！」

サンの戦いの興奮もさめやらぬ中、魔王が次の挑戦者へと移る言葉を発する。

ざわめいていた観客たちは次の挑戦者の名前を聞き逃さぬように再び沈黙する。

「次は……イスナだ！　出てこい！」

魔王の口から次の挑戦者である次女の名前が発せられた。

〝

「あら、次は私みたいね。それじゃあ行ってくるわね」

魔王にその名を呼ばれたイスナは特段変わった様子を見せず、まるで散歩にでも出かけるような気軽さで自ら場内へと向かって足を踏み出した。

「イスナ、お前なら大丈夫だから落ち着いていくんだぞ」

「ええ、分かってるわ。貴方の価値を……世界に知らしめるにはこんなところで躓いてる場合じゃないもの」

「よく分からんが、まあそれでいい……いいのか？」

「イスナ姉もファイト！　平常心だよ！　へーじょーしん！」

「姉さん！　頑張ってください！」

サンとフィーアが声援を送り、フェムもそれに同調するように首を縦に何度も振る。

イスナは背中越しに優雅に手を振って妹たちの声援に応えながら、ゆったりとした歩調で進んでいく。

そして、その姿が観客へと曝け出された瞬間――

静かだった場内に、サンに向けられたものよりも遥かに野太い、地響きのような歓声が鳴り響いた。

「おぉ……これはまた随分と人気だな……それも男に……」

「まあ美人で、胸もおっきいからねー」

単に魔王の娘というわけではなく、その美貌によってイスナの存在は魔族界中に知れ渡っていた。

彼女に何度もアプローチをかけて玉砕し続けた者など、その魔性の虜にされてしまった者は観客にも多く含まれている。

そんな野太い声援を受けながら中央へと到達したイスナが、高みに座している魔王と向き合う。

「お父様、ご無沙汰ね」

「おう、久しぶりだな。しっかし……お前は相変わらず娘にしておくには勿体ないほどのいい女だなぁ……。乳もでけぇしよ」

「実の娘に向かって何を言ってるのよ……」

娘に向かってセクハラじみた言動をする父親に、イスナは呆れ気味に目を細める。

「そうよそうよダーリン！　ダーリンには私がいるじゃないの！」

更に実の母親が娘に対して嫉妬のような感情を発露しはじめる。

触れると面倒なことになると分かっている二人は示し合わせたようにその存在を無視する。

「そんで、この三ヶ月はお前的にどうだったんだ？　正直、お前はもっと反発すると思ってたんだが、随分と大人しくしてたみたいじゃねぇか」

魔王がサンにしたのと同じ質問をイスナに対しても行う。

「反発……ええ、確かにそんな時期もあったわね……。今思えば、あの頃の私は本当に愚かだったわ……」

その時のことを懐かしむように、また少し後悔するようにイスナが言葉を紡いでいく。

「でも、私はこの世界の真理を知ったの……」

「し、真理だぁ？」

「ええ、お父様……それが私にとても甘美な……至上の悦びを与えてくれたの……。だから今の私は真理の奴隷、逆らうなんてありえないことなのよ」

「ど、奴隷……？　あ、あの野郎……一体俺の娘に何をしやがったんだ……」

魔王が少し離れた後方で控えているフレイに怪訝な視線を向ける。

当のフレイはそんな会話が行われていることを知る由もなく、ただじっと露出過多なイスナの背中を見守っている。

「くそっ、まあその話は後だ。それよりお前に課す試験の話だが当然、サンのとは全く別のもんだ」

「まあそうよね。あれの相手を私にしろって言われても無理だもの」

夢魔であるイスナの使う精神干渉の魔法はその相手を選ぶ。

特に理性を持たない相手に対してはその効果は大きく限定される。

故にサンのように魔獣の相手をしろと言われても無理なのは、イスナ自身が最も理解していた。

「だから、お前の相手は……こいつらだ！」

魔王がまた大きな声で号令をかける。

直後、サンの時は魔獣が出てきた門の奥から、今度は数十にも及ぶ人影がぞろぞろと出てくる。

そして、暗い門の奥から歩み出てきたその姿が明かりのもとへと曝け出された。

それは数十人にも及ぶ多種多様な魔族の男たちだった。

その全員が目をギラつかせながら障壁越しにイスナへと並々ならぬ感情が込められた視線を集中させている。

「こいつらが私の相手？　さっきのあれと比べると随分と格落ちじゃない？」

男の群れを確認したイスナが発した何気ない一言が男たちの感情を逆撫でする。

「お前……こいつらが誰だか分からないのか？」

「ええ、知らないわね。見たこともないわ。お父様の部下なの？」

続けてイスナが悪気なく発した言葉が更にその感情を逆撫でする。

男たちは顔を真っ赤にし、障壁がなければ今すぐにでもイスナに飛びかかりそうなほどに奮起している。

「こいつらはな……これまでお前が振ってきた奴らの中から、特にこっぴどくやられた奴を厳選した連中だ」

「へ～……そうなの。でも、やっぱり記憶にないわね」

毛一本ほどの興味もなさそうな態度を見せるイスナ。

男たちをどれほど苛立たせようと、彼女は全く気にすることなく、そんな態度を続ける。

しかし、それは悪意から生まれた態度ではない。単に彼女の脳にはフレイ以外の存在を異性として扱う余地が一切残っていないだけの話だった。

「それで、どうすれば合格なのかしら？」

「単純だ。三十分、こいつらに捕まらずに逃げ切ればいい。それができたら合格だ」

魔王の口から、サンの時と同じようにシンプルなルールが告げられる。

「三十分逃げ切るって……まるで遊びね……」

ルールを聞いたイスナは、そう言いながら周囲を見回す。

そこはサンの試験で暴れまわった魔獣の痕跡が多少残っているだけで、何の障害物もない円形平面の闘技場。

数十人にも及ぶ男たちから単に走って逃げ回るのはほぼ不可能。

つまりは何らかの策を弄して時間を稼ぐ試験であることをイスナはすぐに理解した。

「ちなみに、こいつらには捕まえる過程で多少は何かが起こっても不問にすると伝えてあるからな」

「……何かって？」

イスナは嫌な予感を覚えながら、疑るような目で父親を見る。

「そらお前……触ったり……脱げたり……」

「さいってー……」

公の場で実の娘を辱めようとする父親に幻滅して頭を抱えるイスナ。

魔王の口から出たその言葉を聞いた観客の一部からは更に大きな歓喜の野太い声が上がる。

先ほどまでイスナへと向けられていた声援は一瞬にして、イスナを捕える側である男たちへと向けられるようになった。

「ほんとに……男って、どうしてこうなのかしら……」

障壁越しにいる男たちが妙にギラついている理由を知ったイスナは、この世の全ての男に失望したように大きく肩を落とす。

「……で、他にルールはないの？　それだけ？」

「ああ、それだけだ。他に何もないなら準備はいいか？」

「いえ、まだあるわ」

試験を開始しようとした父親に対して、イスナが待ったをかける。

彼女は振り向いて自分のことを心配そうに見つめる絶対者の姿を視界に捉えた。

一方のフレイは、突然イスナが自分のほうを向いたことで何事かと少し首を傾げる。

「どうした？　緊張してんのか？」

「いいえ……ただ、始まる前に一つだけ宣言させてもらおうと思ったの」

フレイから視線を外し、イスナは再び父親へと向き直る。

「宣言……？　何をだ……？」

自分へと向かって真っ直ぐ、睨みつけるような鋭い視線を向けてくるイスナに魔王が聞き返す。

「単純な話よ。もし、あの連中が私に指一本でも触れるようなことがあれば……私はその場で舌を噛み切って死ぬってだけのことよ」

「え、ええー!?　ちょ、ちょっと！　イスナちゃん!?　いきなり何を言い出すのよ！　変な冗談は――」

「いいえ、お母様。これは本気よ。でも当然でしょ？　神に捧げるこの身体が……ほんの僅かでもあんな男たちに穢されることは許されないのよ」

狼狽するエシュルに対して、イスナは揺るぎのない決意を込めた口調で再度告げる。

自分の身体は毛の一本に至るまで、その全てが絶対者である彼のもの。それが他の何者かの手によって穢されるなどはあってはならない。

倒錯の果てに、そんな思想へと至ったイスナにとって、それは至極当然の宣言だった。

「イスナ……それは一丁前に俺のことを脅してんのか……？　そう言えば、俺やこいつらが手を抜くとでも思ったか……？」

「いいえ、お父様。これは自分に課したただの覚悟よ」

イスナが野獣のような眼光で自分を見下ろす父親を真っ直ぐに見据えながら言う。

そこに嘘偽りがないことは、誰の目から見ても明らかだった。

「ね、ねえ……ダーリン……。一旦、中止にしない……？　イスナちゃんってば、ムキになっちゃってるだけよ……きっと……」

「エシュル、お前は黙ってろ」

「でもぉ……死ぬだなんて流石に……」

「もうガキじゃねーんだ……てめぇのケツはてめぇで拭かせりゃいい」

魔王は止めようとする妻を押しのけて、椅子から立ち上がる。

「いいか！　てめぇら！　今のを聞いて手を抜こうとか思っちゃいねぇだろうな！　そんなことしたら俺がぶっ殺すからな⁉　いいか⁉」

そして、真下にいるイスナの敵方、自分の部下たちへと向かって叫んだ。

絶対的な主から怒声を浴びせられた部下たちは、恐怖に身を慄《おのの》かせて全員が同時に息を呑む。

手を抜けば殺される。イスナの言葉に続いて発せられた主のその言葉にも、嘘偽りはないと全員が本能で理解した。

「ええ、遠慮せずにかかってきなさい。そうね……もし私を捕まえることができたら、時間が終わって死ぬまでは、この身体……あんたたちの好きにしてもいいわよ？」

両手の指を胸元に這わせる艶めかしい所作と共に、男たちの情欲を更に刺激するような言葉をかけるイスナ。

目の前にいる妖しげな色気を放つ魔性にそう言われて反応しない者は一人もいなかった。

イスナの挑発は男たちの頭から、先刻の宣言のことなどを一瞬にして吹き飛ばした。

「そんじゃ、開始だ！　てめぇら！　やっちまえ！」

試験開始の合図が告げられ、劣情の獣と化した男たちと獲物であるイスナの間にある隔たりが消失した。

人の形をした獣の群れが雄叫びを上げて、一挙にイスナへと襲いかかる。

イスナは魔王ハザールの二番目の娘としてこの世に生を受け、奔放な母親のもとで何にも縛られることなく育った。

魔王の娘であるというだけでなく、幼い頃から異性を誑かす種族としての才能を有していたイスナ。その周囲には常に、彼女の身も心も我が物とすることを目論む男たちがひしめいていた。

そんな単純な行動原理で生きる男たちを見続けてきたイスナは、いつしか『男という生き物は本当に馬鹿ばかり。こいつらは私に支配されるために生きている』という思想を抱くようになった。

支配力こそが全てを征する力である。そう考えながら、身体に指一本触れさせることなく、その支配を更に強固なものへとしていった。

しかし、どれだけ沢山の男を手玉にとっても、イスナが心の底まで満たされることはなかった。

何故なら、その思想が実のところは〝男性に対する異常なまでに大きな期待の裏返し〟であり、真に求めていたのは母親が盲愛している父親のような自分よりも強い男であったからである。

だが、幼い頃から他人の心を読み続けてきたイスナも、自身の心の奥底にある本当の願望には気づけなかった。

気づくことができないまま、ただ漠然と満たされない日々を過ごしていた。あの夜までは――

そして今、心の奥底にあった欲求を度を越して知りすぎた結果、若干おかしくなってしまったイスナは理性のない獣と化した自分の被害者たちと向かい合う。

彼女は覚えてすらいないが、そこにいるのは高価な宝飾品を貢がされて破産した男たちや、暇潰しに血みどろの決闘をさせられた男たち。

他にもイスナが飲みたいと言った魔族界最高峰の湧き水をわざわざ汲んできた末に振られた男もいる。

それでもイスナの心に彼らに対して申し訳なく思うような感情は微塵もない。

あるのは早く崇拝する彼の胸に飛び込んで、目一杯の深呼吸がしたいという気持ちだけだった。

心の隅から隅までを信仰心で埋め尽くし、最高に集中したイスナは場内にいる全ての生物の感情を鋭敏に感じ取る。

邪な感情を抱いて自分へと向かってくる獣たち。

ある者は心配そうに、またある者は下卑た期待をしている観客たち。

様々な感情を抱きながらイスナを見守っている父親と母親たち。

背後から伝わってくる姉妹たちの応援。

そして、絶対神からの信頼。

「さて……できるだけ早く終わらせましょうか……」

一見ふざけているように見えるこの試験。

それが夢魔の精神干渉魔法を用いて切り抜けることが目的の試験であることにイスナは既に気がついていた。

それでも理性のない獣と化した男たちに対しては、その認知を大きく歪めて自分を守るようにする精神操作を行うことは至難の業。

全力で行ったとしても両手で数えられるほどの人数を操るのが精一杯。

この人数を相手に逃げ切るのは難しいとも判断していた。

故にイスナは事前に男たちの頭から余計な情報を削ぎ落とし、ある一つの事柄だけに集中させるための種を撒いていた。

その想定通りに劣情を漲らせる男の群れに向かって、イスナはゆったりとした動作で手を突き出す。

彼女の手の先端からまるで蝶か、あるいは毒蛾の鱗粉のような細かい魔力の粒子が放たれ、男たちの群れを包み込んでいく。

直後、男たちはまるで誰かに指示されたように、全員が同時にピタリとその場で足を止めた。

そのままイスナへと向けていた暴力的な視線を隣同士で向け合う。

「はぁ……男って……本当に馬鹿ね……」

改めて全世界の男に対する失望を抱いたイスナが大きな嘆息を漏らす。

その次の瞬間、男たちはイスナへと目もくれることなく大乱闘を始めた。

「うぉおおおっ！　てめぇらなんかにやるもんか！　イスナ様は！　いや、イスナは俺のもんだぁっ！」

「何を言ってやがんだ、このボケ！　あれは！　あの身体は俺のもんに決まってんだろが！　ぶち殺すぞ！」

「いいや！　あの乳は！　俺のモノだ！」

「るせぇ！　このカス！　あの尻は俺のもんじゃ！」

殴り、蹴り、掴み、折り、投げる。

男たちは鬼の形相を浮かべて、たった一つしかない賞牌を巡って血みどろの戦いを繰り広げる。

「あっはっは！　そうそう、もっと頑張って奪い合いなさい！　あっはっはっは！」

大笑いしながら、その乱闘を眺めるイスナ。

彼女がやったことは男たちの認知を大きく歪めるようなことではない。

彼らが抱いていた劣情、情欲、性欲。それらを細分化した際に存在する独占欲と呼ばれる感情。それをほんの少し、蟻を指先で潰すようなほどの力で後押ししただけだった。

たったのそれだけで、オスは一人しかいないメスを巡って殺し合う。

本能的にそのことを理解したイスナは、男たちに対して一縷の情も抱かずにそれを実行した。

腹を抱えて笑うイスナの前でオスたちの同士討ちは続き、一人、また一人と力尽きて倒れていく。

「はぁ……はぁ……やった……！　やったぞぉおおおお!!」

そして、最後に一人、筋骨隆々のオークの男だけが残された。

硬い地面に横臥《おうが》する数十人の真ん中で、男は勝利の雄叫びを上げる
「これで……これでイスナ様は俺のモノだ！　俺だけのモノだ！」

もはや最初の目的が何だったのかすら忘れて、男は打ち震えながら歓喜の叫びを上げる。

顔に柔らかい笑みを浮かべたイスナが、彼のもとへと向かってゆっくりと歩を進め出す。

彼も自分のもとへ優勝賞品である彼女が近づいてくることに気がつく。

「ああ！　イスナ様！　どうぞ！　俺の！　俺の胸に！」

男は両手を目一杯広げて、イスナをその胸元へと迎え入れる準備を整える。

イスナは向かう速度を速めて駆け足になる。硬い靴底と硬い地面がぶつかり、コツコツと軽快な音が場内に鳴り響く。

「さぁ！　飛び込――」

「むわけないでしょ！！！」

思い切り助走をつけたイスナが男の股座を全力で蹴り上げた。

「――――――――っ!!」

大事な部分を蹴り上げられた男は、言葉にならない絶叫と泡を吹き出しながら、白目を剥いて倒れた。同時に一部の性別の観客からも声にならない悲鳴が上がる。

遂に場内に立っている者はイスナだけとなった。

それは試験開始の合図から、まだ十五分ほどしか経過していない出来事であった。

「さて、お父様？　まだ時間は残ってると思うけど、どうすればいいかしら？」

誰も動かなくなった惨状の中、一人優雅に佇むイスナが父親へと尋ねる。

魔王は動かなくなった部下たちと、宣言通りに指の一本も触れられていない娘を見下ろす。

「はっ……時間まではまだあるが……。もう十分だ。お前も合格だ！」

そして、二人目の合格者に対して宣言した。

「や……ったー！　イスナちゃ～ん！　おめでと～！　死ぬとかなんとか言い出した時はどうなるかと思ったけど～、やっぱり私の娘ね～！　ほら～！　早くお母さんの胸に飛び込んできて～！」

合格の宣言を聞いた母親が誰よりも早く歓喜の声を上げ、大きく両手を広げて豊満な胸元に娘を迎え入れる準備を整える。

それを受けてイスナは、その顔にこれまでの人生において最大級の笑顔を浮かべながら駆け出した。

そして、フレイの胸へと盛大に飛び込んだ。

「え？　い、イスナちゃん……？」

「やった！　私やったわ！　褒めて！　撫でて！　あわよくば絞めて！」

呆然とするエシュルを尻目に、イスナはフレイに抱きつきながら男たちを手玉にとった女性とはまるで別人のようにはしゃぐ。

「よ、よくやった。お前なら大丈夫だって信じてたぞ……絞めはしないけどな……」

フレイは困惑ぎみにそう言いながら、イスナの頭を軽く撫でる。

「えへへ……貴方がずっと信じてくれてたからできたの……」

敬愛する人物に頭を撫でられて喜ぶイスナの顔には先ほどまでの魔性は一切ない。

そこにあるのはまるで初めての恋をしている少女のような無邪気な笑顔だけ。

「うぅ……普通はこういうのは私の役目なのにぃ……先生とばっかイチャイチャしてからにぃ……イスナちゃんのばかぁ！」

「こ、こら！　てめぇ！　俺の娘から離れやがれ！　ぶっ殺すぞ！」

場内の反対側にいるエシュルと魔王がそう叫ぶが、イスナの耳にその声は届かない。

彼女は更に強くフレイの胸元へと顔を押し付けて、その感触と匂いを堪能する。

「い、イスナ……両親もああ言ってることだし……そろそろ……」

「やだ、早く終わらせた分だけ私にはこうする権利があるの」

絶対であるはずの彼の言葉を無視するイスナ。

これは無事に守った供物を捧げる行為であるからセーフと頭の中で都合よく解釈しながら抱擁を続ける。

先に試験を終えたサンと、まだ試験が控えているフィーアとフェムはその様子を苦笑いしながら見ている。

「いや、でもだな……さっきから並々ならぬ気配が周囲から……」

「周囲から……？」

「ほら、観客の方々からも……かなり不穏な……」

フレイが少し青ざめながら観客席を見回す。そこからも大量の恨めしそうな殺気がフレイへと向かって注がれている。

「大丈夫よ、私は貴方のモノなんだから……誰がなんて言おうと……ね？」

「はぁ……全くお前は……」

オスたちが一心に奪い合った賞牌。

その柔らかさを感じながらフレイは説得を諦めて、大きな溜息をついた。

「あの野郎ぉ……くそっ！　次だ次だ！　次行くぞ！」

気に食わない男といちゃつく娘を見て嫉妬の感情に駆られた魔王がそう吐き捨て、椅子へと腰を下ろす。

場内では倒れていた男たちが次々と担架で運び出されている。

「次は……フィーア！　お前の番だ！」

誰もいなくなった場内に、次の挑戦者の名前を呼ぶ声が響いた。

〝

「えーっと、次はフィーアさんの番みたいですね……頑張ってください！」

「落ち着けフィーア、それはお前のことだ」

「ふぇっ!?　ふぃ、フィーアって私のことですか!?」

二人の姉が先に突破したことで和らいでいたはずの緊張は、自分の名前が呼ばれたことで一瞬の内にまた極致へと達していた。

「フィーア……まずは落ち着いて深呼吸だ、深呼吸」

「し、しんこきゅうですね……しんこきゅう……しんこきゅうって何でしたっけ……？」

「深い呼吸だ……ほら、まず息を大きく吸って」

「吸う……はい……。すー……」

「次は吐く……、それを繰り返すんだ」

「はー……」

フレイの指示に従って、フィーアが何度も深呼吸を行う。

すでに合格した二人はこれから試験へと赴かなければならない妹の緊張ぶりを不安げに見守っている。

「それから、なんでもいいから良いことを考えるんだ」

「良いこと……ですか？」

「ああ、例えば、そうだな……、試験に合格してうちに帰ったらしたいこととかだな」

「合格して……帰ったら……」

フレイの言葉に、一旦消極的な思考から解放されたフィーアが中空を眺めながら思案し始める。

「美味しいご飯が食べたいとか！　イスナ姉の作った！」

「イスナお姉ちゃんのご飯……私も食べたい……」

既に合格済で余裕のあるサンだけでなく、まだ自らの試験を控えているフェムがフィーアの緊張を解すために会話へと加わる。

「わ、私!?　ま、まあ……構わないけど……」

イスナはそんな突然の提案に驚きながらも、すぐに満更でもなさそうな表情になる。

「合格祝いのイスナ姉さんのご飯……確かにそれは楽しみかもしれません……」

テーブルに並ぶイスナの料理を夢想したフィーアは、顔を緩ませて口の端から僅かに涎を垂らす。

「でも、貴方がお腹いっぱい食べるだけの量を作るとなるとかなりの大仕事ね」

「では、その際は私もご助力させていただきます」

これまでは後方でじっと試験の流れを見守っていただけのロゼも会話に加わる。

「じゃあじゃあ！　あたし、あれ食べたい！　あの――」

フィーアだけでなく各々があれが食べたいこれも食べたいと、思いのままにその欲求を述べ始める。

「おーい！　何やってんだー！　早く出てこい！」

なかなか出てこないフィーアに対して、再度魔王が呼びかける声が姉妹たちのもとへと響いてくる。

「え、えっと……み、皆さん！　本当にありがとうございます！　わ、私……頑張ってきます！」

フィーアは自分を元気づけてくれた皆に対して、ぺこぺこと何度も慌ただしいお辞儀をする。

その顔にはまだ多少の緊張こそは残っているが、それは先ほどと比べると深刻なほどではない。姉妹たちも一旦ほっと胸を撫で下ろす。

「ああ、頑張ってこい。合格したら、みんなでお祝いだ」

「はい！　行ってきます!!」

フレイがフィーアの背中を軽く押して場内へと送り出す。

何もない平坦な場所で何度かコケそうになりながらも、フィーアは無事に会場の中央へと到着した。

「お、お久しぶりです！　お父様！」

所定の位置についたフィーアが父親に向かってぺこぺこと可愛らしいお辞儀を繰り返す。

イスナと真逆のその態度に、会場もまるで時間の進みが遅くなったかのような和やかな雰囲気に包まれる。

「よう、お前も相変わらず……どんくさいというか……見てて危なっかしいというか……」

「ご、ごめんなさい……」

「すぐに謝るところも、相変わらずだな。でも、まあ……顔つきはちったぁマシになったんじゃねぇか？　それも、あいつのおかげか？」

魔王が顎をしゃくり上げて後方でフィーアの背中を見守っているフレイを指し示す。

「は、はい……先生には本当によくしてもらって……こんな私でも少しは自信が持てるものができたと思います……」

「そうかい……んなら、今からそれを試させてもらうとするか」

「はい……頑張ります！」

試験がもうすぐ始まるという緊張感の中、フィーアが力強く返事をする。

「おい！　持って来い！」

魔王が大きな声で部下へと向かってそう告げると、門の向こう側から今度は一人のオークの男が机を運んできた。

男は机をフィーアの前に設置すると、懐から取り出した大きな一枚の紙片を置いた。

「あのー？　これは何でしょうか？」

紙片は何も描かれていない裏面が上にされている。現時点ではそれに何が書かれているのか、フィーアからは確認することもできない。

全容が全くもって不明なそれを前にして当惑の感情を抱いたフィーアが、怪訝な視線を父親に向ける。

「そいつにはな、ある問題が書いてある」

「問題……ですか……?」

「ああ、そうだ。その問題に対する答えを出すのがお前への試験ってわけだ。前の二人と違って身の危険があるわけじゃねぇから安心したか?」

じっと机の上を見据えるフィーアへと向かって、少しの皮肉を込めたような口調で魔王が試験のルールを告げる。

「ただし……時間は十分だ。それを一秒でも超えたら当然、失格だ」

「十分……」

まだどんな問題なのかは分かっていない。

それでも十分という長くはないであろう制限時間にフィーアが固唾を呑む。

先の二人とは違い、大掛かりではない試験を前にフィーアだけでなく観客たちも妙な沈黙に包まれる。

「そいつを表にしたら開始だ。覚悟が決まったらタイミングは自分で決めな」

魔王がそう言った直後、フィーアは大きく深呼吸して決意を固める。

先に合格した二人から貰った勇気を、今度は自分が後に控えた二人に受け渡す番だと。

そして、まだ僅かに震える手が紙片の端を掴んで、それを一気に翻した。

その表面にはフィーアが自室を資料の山で埋め尽くした日から幾度となく見てきたものがあった。

それは紙の上に描かれた仮想の戦場に関する状況図。

大きな戦いの最中で行われた中規模部隊による局所戦闘が図上に記されたものであった。

状況は既に自軍が敗色濃厚で、後はどれだけ被害を抑えて部隊を拠点まで撤退させるかという段階に至っている。

それは今のフィーアが苦慮するほどの難問ではなかった。

フィーアの持つ超常の観点と短い期間ながらも必死に積み重ねてきた理。

その二つを以て、その戦場における最適な行動は一瞬の内に彼女の脳内で導き出された。

撤退戦の際に自軍部隊はどれだけ甘めに見ても半数は敵の手にかかってしまう。

故にこの状況で重要なのはその取捨選択。

敵の規模と編成から更なる追撃の可能性は高い。

撤退後は拠点での防衛戦になることも見据える必要がある。

防衛の要となるのは、魔法使いを始めとした後方支援部隊。

故に、ここでの最適解は前衛部隊を殿として魔法使いたちを逃がす時間を稼がせることだった。

当然、数で勝る敵を食い止める前衛部隊は壊滅的な被害を受けてしまう。だが、後のことを考えれば、それ以外の選択はない。

そう判断したフィーアが審判を下す父親へと向かって答えを紡ごうとした時、視界の端に一つの注釈が目に入った。

『前衛部隊にはサンが、後方支援部隊にはイスナがいるものとする』

フィーアは魔王の四番目の娘として生を受けた。

母親は魔王に次いでその名を魔族界中に轟かせる伝説的な吸血鬼であり、フィーアは父親よりも母親の背中を見て育ってきた。

そして、『いつかお母様みたいに皆から慕われ、頼られる強い女性になりたい』という思いを胸に武術や魔法の訓練に励んだ。

そんな彼女を待っていたのは才能という残酷な現実だった。

彼女がどれだけ武術の訓練を重ねても、まともに剣を振ることさえままならず。どれだけ魔法の訓練の重ねても、最下級の魔法すら使えるようにならなかった。

あの二人の娘なのにどうしてと、周囲も次第に憐憫と嘲謔《ちょうぎゃく》が混ざったような目で彼女を見るようになった。

それでもフィーアは自身の抱える深い絶望を表に出すことはなかった。

そんな折に、彼女は自分たちに教育係となる者が充てがわれる話を聞かされた。

他の姉妹がそのことを疎ましく思う中で、フィーアだけはそれに最後の望みを託した。

その人なら、もしかしたら自分の秘めた才能を見出してくれるかもしれないと……。


「……っ！」

注釈を読んだフィーアが、口元を手で押さえて絶句する。

そこに書かれていたのは紛れもなく二人の姉の名前。

彼女が辿り着いた答えは、二人の内の片方を見殺しにしなければならないということを示していた。

当然、それらは現実のことではなく、紙の上に書かれた仮想の戦場のことに過ぎない。今ここで導いた答えを選んだとしても、姉妹たちが死ぬようなことは起こらない。

しかし、その文言は心優しい彼女に大きな動揺を与えるには十分過ぎるものでもあった。

フィーアは導き出した答えを言葉にすることができないまま固まり、時間だけが刻一刻と過ぎていく。

「何が書いてるんだろ……？」

「さぁね、ただ……かなりの難問なのは間違いなさそうね……」

「うへぇ、あたしなら絶対無理なやつだ……」

完全に硬直してしまっているフィーアの背中をサンとイスナが心配そうに見守る。

しかし、フィーアが実際に向き合っているのは姉妹たちの想像しているような問題ではない。

実際に向き合っているのは彼女の才能が持つ宿業そのもの。

安全圏から姉妹の命を切り捨てるような冷酷な命令を下すことができるのかという問いかけであった。

フィーアは頭の中で自問自答を繰り返す。

その頭の中でどんな思考が渦巻いているのかは彼女以外の誰にも分からない。

それから更に時間が経過し、制限時間である十分が経とうとした頃――

「まず……」

フィーアが視線を伏せたまま、ゆっくりと口を開いた。

それを受けて父親であり、試験官でもある魔王は椅子の上で少し身じろぎして、娘が辿り着いた結論を待つ。

「状況はかなりの劣勢で、これ以上の戦闘継続は被害を無駄に広げるだけなので、すぐに撤退を指示します……」

「なるほどな、それでどう撤退させんだ？」

「撤退後は敵の追撃に備えて拠点を防衛するための戦力が必要になります……。だから、防衛の要となる魔法使いを中心とした支援部隊を先に撤退させるために、前衛部隊を殿として時間を稼がせます……」

考え抜いたフィーアが出したその答えは、問題を見た瞬間に導き出した答え、そのままのものだった。

「だが、戦力差を考えりゃ、それだと前衛部隊はほぼ壊滅。サンは死ぬことになるが、お前はそれでいいのか？」

サンが死ぬ。書かれている問題の内容を把握している魔王がはっきりとそう告げた。

「え!?　私死ぬの!?　なんで!?」

「問題の話だ……少し静かにしてろ……」

いきなり自分が死ぬと言われて狼狽えるサンを隣のフレイが諫める。

魔王の言葉を聞いた彼はフィーアの前にある紙に何が書いてあるのかを概ね把握した。

彼はそれでもフィーアならその究極の選択に対して、自分なりの答えを見つけてくれると信じた。

「はい……これが一番多くの人を救える選択です……」

まだ地図に視線を落としたまま、フィーアが口をぎゅっと引き結ぶ。

「まあ確かに……それが最適解だ」

フィーアが正解を導き出したことを示す言葉に、観客席から小さな歓声が上がる。

しかし、問題の本質は別のところにあると気づいている極少数は黙ったまま事態を見守っている。

試験はまだ終わっていないと……。

「だがな……これはあくまで全部仮の話だ。現実にはサンも、誰も死ぬことはねぇ」

そのことは当然分かっているフィーアが小さく頷く。

「現実の戦場では、指示通りに上手くいくとも限らねぇし、お前の選択一つで誰かが生きて、代わりに誰かが死ぬこともある。本当に姉妹だって切り捨てないといけねぇ時がくるかもしれねぇ。そん時、お前に同じ選択ができるか？」

大上段から魔王が改めて問いかける。

その問いかけこそが本当の試験であり、フィーアに真の覚悟を問うものであった。

「その時が来たら……私にその決断ができるのかどうかは正直に言って、まだ分かりません……でも……」

対するフィーアは視線を伏せたままおずおずと言葉を紡ぎ出していく。

「でも、なんだ？」

「私はその決断を下さないといけなくなる、その直前まで……」

伏せられていたフィーアの視線が徐々に上がっていく。

「最後の最後まで……みんなが生きることができる方法を必死で探すと思います」

そして、強い覚悟の込められた目で父親と母親が立つ場所をしっかりと見据えながらそう言い切った。

それを受けた魔王は、先刻のフィーアが制限時間いっぱいまで思案し続けていた姿を思い出す。彼は当初、その姿が答えが出ているにも拘らずに、机上の死にすら強い躊躇を覚えているのだと見ていた。

故に、その時点では四女に対して不合格を言い渡す気でいた。まだ本物の戦場で戦う覚悟が全く足りていないと。

だが、彼女が真に抱いていた覚悟は魔王の想像の斜め上を行った。

「あめぇな……」

フィーアの覚悟、戦場に持っていくには甘すぎる理想に対して魔王が率直な感想を口にする。

「そう……ですよね……」

フィーアは自分でもそれが子供じみた理想だということは分かっていた。誰もが死なない道を探し続けるなんてことは不可能だと。

しかし、それでも彼女は試験のためだけにその場凌ぎの嘘をつくことはできなかった。

「……だがな」

これで自分は不合格だと肩を落としたフィーアに向かって、魔王が不敵な笑みを浮かべる。

「そんな青臭い理想を抱くのは若い奴の特権だ！　俺に向かって堂々と言いやがったからには、その理想を追求してみやがれ！」

そして、娘の覚悟を王として受け止めてそう告げた。

「え……？　は、はい！」

突然のことに狼狽えながらも、しっかりと返事をするフィーア。

「なら、今日のところは合格にしといてやるよ！」

「ご、合格!?　ほ、本当ですか!?」

「あくまでも今日のところはだ！　お前が本当に試されるのは、これからだってことだけは肝に銘じておけよ！」

「は、はい！　ありがとうございます！」

フィーアが父親へと向かってペコペコと可愛らしく何度もお辞儀を繰り返す。

合格が確定したことから少し遅れて、観客たちもまばらに湧き始める。

「み、皆さんも！　ほ、本当にありがとうございました！」

その場でくるくると回りながら、観客たちにも律儀にお辞儀をしていくフィーア。

栗色の髪の毛が生えたその頭がせわしなく動く度に、まばらだった歓声が大きくなり、すぐに場内を震わせるほどの大歓声となった。

将来的に命令を下すことになるかもしれない彼らからの応援は、フィーアにとって何よりの祝福となった。

「おい、ノイン。ちったぁお前に似てきたんじゃねぇか？」

大歓声の中、魔王は少し離れたところから見守っていた妻の一人、フィーアの母親へと声をかける。

「ふっ、我はあれほど青臭くはないがな」

小さな体に似つかわしくない尊大な口調でノインが答える。言葉とは裏腹に、顔には母親としての誇らしげな微笑が浮かんでいる。

「人一倍喜んでるくせに、相変わらず素直じゃねぇやつだな……。おい！　フィーア、お前はもう戻っていいぞ！」

「は、はい！　失礼します！」

フィーアは上段にいる魔王とその妻たちへと向かって最後に大きなお辞儀をする。

その後の帰り道は一度も躓きそうになることなく、フレイや姉妹たちの待つ場所へと戻っていった。

「えへへ、やりました」

「やるじゃん！　フィーア！　でも、この～よくもあたしを殺してくれたな～。そんな悪い妹はこうしてやる！　うりゃ！　うりゃりゃりゃりゃ！」

はにかみながら戻ってきたフィーアにサンが組み付き、栗色の髪の毛を両手でわしゃわしゃとかき乱す。

「わっ！　わわっ！　さ、サンちゃん！　ごめん、ごめんってば！」

「ごめんで済んだらうりゃうりゃ～！」

更に髪の毛をかき乱すサン。

フィーアはそれを姉なりの祝福だと受け止めて、笑顔でなすがままにされている。

「こら、その辺にしとけよ。まだ終わってないんだからな」

「ちぇっ、はーい……」

フレイに言われたサンが大人しくスキンシップを止める。

その頃にはフィーアの頭は爆発したかのようにぼさぼさになっていた。

「でも、まあ……知らない誰かに命令されるくらいなら、フィーアに死んでこいって言われるほうがまだマシだよね」

「サンちゃん……」

「だから、その時が来たら悩まずに命令しなよ。まあ当然あたしは死なないけどね！　にゃははは！」

「あはは、サンちゃんは強いもんね」

悩んでいたことが馬鹿らしくなるような清々しい笑顔を見せられたフィーアが釣られて笑う。

その微笑ましい光景を隣で見ているフレイとイスナもその頬を緩ませる。

「まあ、とにかくおめでとう。よくやったな、フィーア」

「はい！　全部、先生のおかげです！　本当にありがとうございました！」

フィーアが今度はフレイに向かって深々と頭を下げながらお礼の言葉を紡ぐ。

「ああ、その言葉はありがたく受け取っておくよ」

フレイはお礼を受け取りながら、フィーアの乱された髪の毛をぽんぽんと軽く叩くように撫でる。

「さて、次は……」

続けて、フレイは視線を場内の方へと向ける。

場内ではちょうどフィーアの使った机が撤去され、魔王が次の者の名前を宣言しようとしているところだった。

「よーし！　それじゃあ次行くぞー！　次は……」

残すはフェムとアンナ、長女と末妹。

次はそのどちらが呼ばれるのか、フレイが神妙な表情をしながら魔王を見据える。

「次はフェム！　お前の番だ！」

そして、四番目の挑戦者の名前が魔王の口から告げられた。


「次は私……じゃあ、行ってくる……」

「フェムちゃん、頑張ってくださいね！」

名前を呼ばれてすぐに歩き出したフェムへと合格したばかりのフィーアが声援を送る。

「気をつけなさいよ」

「フェム、気合で負けたらダメだかんね！」

続いて、イスナとサンも各々が言葉をかけていく。

フェムはそんな姉妹たちからの応援に、無言で首を小さく縦に振って応える。

本番を前にしたことで逆に冷静になったフェムは、姉妹たちの誰よりも落ち着き払っていた。

ほとんど足音を出さずに歩く彼女の腕には、フレイから贈られた杖が大事そうに抱かれている。

「フェム」

待機場所から出て数歩のところで、フレイが姉妹の中で最も小さな背中に向かって呼びかける。

「気をつけろよ」

師からの短い言葉の意図を理解したフェムが微笑を浮かべる。続けて、いつものように親指を立てた握り拳を突き出して応えた。

言葉にはせずとも、それが『大丈夫』という意図を含んでいるのがフレイにだけ伝わる。

「何なの？　あの手？」

「あれはな……俺とフェムだけの秘密の暗号だ」

「え!?　何それ!?　ずるい！　いやらしい！」

意味深な言葉を聞いたイスナが騒いでいる間に、フェムは会場の中央へとたどり着く。

「よう、久しぶりだな。おめぇもしばらく見ない間に、良い面構えになったじゃねーか」

以前とは違い余計な物に覆われていないその顔を魔王が正視する。

「うん、先生のおかげ」

父親の鋭い視線に一切臆することなく、大観衆の前に素顔を曝け出したフェムが応える。

後ろからその姿を見守っていたフレイは、その状況下でも魔法が暴走しないと分かって安堵の息を吐く。

「そうかい、気分的にはそんだけで合格にしてやりてぇところだけどな……」

その時点で、明確に成長した姿を見せた娘に対して魔王は感慨深い思いを抱く。

一方、魔王の隣にいるフェムの母親は自分の娘の晴れ舞台にも拘らずに、起きているのか寝ているのか分からない様子でぼーっと虚空を眺めている。

「まあ、そういうわけにもいかねぇわな。ちなみにもう分かってるとは思うが、お前に課すのは魔法に関する試験だ」

「うん……私は世界一の魔法使いだから、どんな試験でも余裕……」

「はっ、言うようになったじゃねーか……。それなら早速行くとするか、お前への試験は……こいつだ！」

魔王が大きな声で宣言し、指をパチンと鳴らした。

次の瞬間、闘技場の四方を囲む石柱が魔法反応による光を更に増していく。

そこから新たな魔法障壁が作り出され、フェムを中心として新たに幾重もの魔法障壁が新たに出現した。

その枚数は優に二十を超え、周囲からは中央のいるフェムの姿がぼやけて見えるほどになっている。

既に試験の意図を理解した観客からは流石に無茶だというどよめきが巻き起こる。

「この障壁をぶっ壊して外に出られりゃあ合格だ！」

魔王は観客の障壁内のフェムへと向かって高らかに試験の内容を宣言する。

並の術者であれば一枚破壊するだけで体力を尽き果てさせてしまうような高密度の障壁。それが幾重も重なった場所から脱出するのは不可能だと誰もが思った。

観客たちの反応とは逆に、今から挑戦するフェムは異様なほどに落ち着き払っていた。

手で最も手前にある障壁に触れながら、何かを確認するように小さく頷いている。

「制限時間は三十分だ！　当然、魔法の使用に制限はねぇ！　そんじゃ、かい――」

「ちょっと待った！」

開始の宣言をしようとした魔王にフレイが待ったをかけた。

「あ？　なんだ？」

良いところで横槍を入れられた魔王が、フレイに対して若干の怒気を込めた視線を向ける。

見守る観客たちも流石にこの試験には抗議が入って当然だと考えた。

しかし、フレイが憂慮したのは全く別のことだった。

「えーっと、始める前に一つお聞きしておきたいんですが、この建物の強度はどのくらいのものですか？　例えば、戦略級の魔法にも耐えられるのかとか……」

「は？　何言ってんだおま――」

魔王がフレイへと向かって困惑の言葉を紡ごうとした瞬間――

周囲の空間を切り裂くような超高音。

直後、幾重もの魔法障壁に囲まれた会場の中心から、天井へと向かって漆黒の閃光が奔《はし》った。

瞬きにも満たないほどの一瞬で全障壁が粉々に砕け散る。四散した破片は閃光の残滓のような奔流によって空気中へと霧散していった。

更に閃光は天井を突き破り、その衝撃は建物全体が激しく震えさせた。

突然巻き起こった破壊。観客席には大きな狂騒が生まれる。

全ての発生源である闘技場の中心には、腰を落として杖を真上に向かって構えているフェムの姿があった。


フェムは魔王ハザールの第五子としてこの世に生を受けた。本来は同種としか子を成せないはずの幽鬼種との子として……。

故にフェムは周囲から不吉の象徴であると忌み嫌われ、魔王の娘でありながら長年腫れ物扱いされ続けてきた。


しかし、そんな過去の話は今のフェムにとって最早振り返ることすらもない些末なことだった。

嫌いだった特徴は自分だけの個性だと受け入れたことにより、彼女は他の誰にもない力を得るにまで至った。

そして今、その力を自分を変えてくれた人のために放った。

「ふぅ……ちょっと疲れた……」

場内で巻き起こっている狂騒とは対照的に可愛らしく一息をついたフェムが、ローブの袖で額の汗を拭う。

天井には直径二メルトルほどの真円状の穿孔。

そこから暖かい色の陽光が、まるで生まれ変わった彼女を祝福するかのように小さな身体へと降り注ぐ。

場内の混乱は徐々に収まり、天井の破片がパラパラと地面に落ちる音が聞こえるほどの静寂が生まれ始める。

観客たちは誰もが不可能だと思った試験を一瞬で突破したフェムに畏敬の念を抱く。

魔王と母親たちは言葉を失い、目を丸く見開いて、末子の姿を呆然と見つめている。

幾重にもなっていた障壁は跡形もなく綺麗に消え去り、内も外もない状態となっている。しかし、誰の目から見ても合格であることは明らかだった。

「わぁ〜い、ご〜かく〜。フェムちゃん、えら〜い」

そんな中でフェムよりも高い透明度の女性だけが、ぱちぱちと小さく拍手しながら呑気な笑顔を娘に向ける。

「だから気をつけろって言ったのに……また無茶をして……」

フレイが片手で頭を抱えながら、大きな事故が起こらなかったことに安堵の溜息をつく。

「相変わらず……とんでもない威力ね……」

フレイの隣に立つイスナも顔を強張らせながら、若干引き気味に率直な感想を口にする。

この世でフェムにしか使うことのできない純粋な破壊力のみに特化した魔法。

フェムとしては真上に撃つことで安全に配慮したはずだった。それでも一般的な尺度から考えれば、やりすぎだというしかない。

天才、逸材、天賦。優れた才能を評する言葉はこの世に多く存在している。それでも、この少女の内に秘められた力を表現する言葉は見当たらない。

そう考えながら、フレイは圧倒的な合格を成し遂げたフェムへと向かって親指を立てた握り拳を突き出す。

フェムは一瞬遅れてそれに気づくと、弾ける笑顔と共に同じ動作で応じた。

“ ”

「フェムー！　さっすがー！」

「フェムちゃん、おめでとう！　すごいです！」

「わっ……おねえちゃ……あわわっ……」

呆然とした魔王から合格を言い渡されて戻ってきたフェムがサンとフィーアに揉みくちゃにされる。

しかし、困っているような口調とは裏腹に顔は嬉しそうな笑顔を浮かべている。

「アンナ、次はお前だな」

フレイが一人だけ離れたところで壁に背を預けていたアンナへと声をかける。

彼女はこれまで姉妹たちの輪に一切加わることなく、ただ一人で瞑想しながら自分の出番を待っていた。

「ああ、そうだな。何、心配は無用だ……君のクビはもう繋がっている」

アンナは自信に満ちた口調でフレイへとそう告げながら、視線は父親のほうを見据える。

その瞳には一切の憂慮はない。万が一にも自分が落第はないと考えているのが誰の目から見ても明らかだった。

事実として、この長女はそれが慢心に成りえないほどの実力が備えられている。

「別にそういうことじゃないんだが……まあ、気をつけろよ」

「分かっている。問題はない」

アンナが壁から背を離して父親から声がかかる前に場内へと歩み出る。

フレイだけがそんなアンナの姿に、言葉では言い表せない妙な不安を抱いていた。

「次は……アンナ！　出てこい！　お前で最後だ！」

魔王から最後の挑戦者の名前が告げられる。

アンナは栄光への道を進んでいるかのような堂々とした歩調で父親のもとへと向かう。

その頭の中には、将来部下となる者たちの前で、敬愛する父親から最大級の祝福を受ける自分の姿を既に思い描いていた。

アンナは魔王ハザールの第一子としてこの世に生を受けた。

竜人族において最も誉れ高き役割である巫女の子として生まれ落ちた彼女は、当然のように母親の跡目を継ぐことを期待された。

だが周囲の期待に反して彼女は、物心ついた時には母親ではなく父親に憧れるようになっていた。

圧倒的な武力とカリスマ性によって魔族を支配する父親。

幼い頃からその背中をただ一心に追い続けた彼女は、周囲の期待を裏切ったことさえも黙らせるほどの実力を得るまでに至った。

しかし、脇目も振らずに目標までの最短を距離を進み続けたことは彼女にある歪みを生じさせた。

目標にのみ向けられた目は、遅れて生まれてきた妹たちをたった一つしかない席を争う競合者だと認識することになった。

故にアンナは今日に至るまで姉としての役割を果たすことは一切なかった。


父親の眼前でこれまで鍛え続けてきたものの成果を披露できる機会。

それを目前にしたアンナは、言葉では言い表すことができないほどの高揚感に包まれていた。

一方、魔王は複雑な感情を目に浮かべたまま長女を見下ろす。

その感情の正体に気づくことがないまま、アンナは所定の位置へと辿り着く。

「よう、後はお前だけだな。アンナ」

「はい、私も父上のために必ずや合格してみせます」

「そうか……試験の前に一つ、お前に聞いておきてぇことがある」

「はい！　何なりとお聞きください！」

父親に対して、その場で跪きそうなほどの忠誠を見せるアンナ。

場内は他の姉妹たちと変わらない歓声で沸いている。

だが姉妹たちの声援はなく、ただフレイだけがその背中を不安げに見守っている。

「前の四人……妹たちが合格してったのを見て、お前はどう思った？」

「は……？　妹たち……ですか？」

「そうだ、三ヶ月前と比べて随分と成長したあいつらを見て、何も思わなかったか？」

「成長……」

父親からの質問に対して、アンナは少し考え込むような仕草を見せる。

「同じ頂きを目指す競合者として……負けるわけにはいかないと、より一層身が引き締まりました」

そして、まるで他人事のように今思いついたような言葉を紡ぎ出した。

「そうかい……お前は変わんねぇな……。いや、なんも変わらなかったか……」

魔王は残念そうにそう呟きながら椅子からゆっくりと立ち上がる。

続けて装飾のついた大仰な服を取り払っていき、隣にいるアンナの母親へと手渡していく。

そのまま以前にフレイと対峙した時と同じ格好になると準備運動のように首を数度鳴らした。

「ち、父上……？　な、何をされて……」

幼い頃から憧れた父の戦いに臨むかのような姿を見てアンナは困惑する。

魔王は返答の代わりに軽く前方へと跳び、アンナと同じ地平へと降り立った。

その光景に会場全体から、娘たちに向けられたものよりも遥かに大きな歓声が上がる。

「お前の試験の相手は……この俺だ」

目の前で大きな動揺を見せている娘に対して魔王が告げる。

「えっ？　は？　ち、父上が……？　ご、御冗談です……よね……？」

想像していた栄光とは真逆の出来事を前に呆然とするアンナ。

「いーや、本気だ。お前の相手は俺だ」

魔王は無情に同じ言葉を繰り返す。

手加減をするつもりなどは一切なく、本気で娘と戦おうとしている。言葉に含まれた迫力がその事実を場内にいる全員に理解させた。

「どうした？　さっきまでの威勢の良さはどこにいった？」

「だ、だって……父上が相手なんて……」

じりじりと歩いて娘との距離を詰めていく魔王に、アンナは怯えながら後ずさる。

父親の背だけを追い、幼い頃から積み上げてきた矜持が一歩下がる度に引き裂かれていく。

「必ず合格するんだろ？　ほら、かかってこい！」

「む、無理です……」

「何が無理なんだ？　お前が積み上げてきたもんを俺に見せてみな」

「勝てるわけが……」

挑発するような言動を魔王が繰り返す。

それでもアンナは前に踏み出ることはなく、じりじりと後ずさり続ける。すぐにその背中は行き止まりである魔法障壁にぶつかった。

「もう……何やってんのよ……」

無言で事の成り行きをじっと見ていたイスナが嘆息を吐き出す。

その反対側では、アンナの母親も娘の醜態を見て椅子に座ったまま頭を抱えている。

「どうした？　諦めんのか？」

まるで肉食獣が小動物を追い詰めるようにじわじわと迫っていく魔王。

妹たちは、障壁を背にして子供のように震えている長女を見て言葉を失っている。

「ふ、不公平です……私だって、他の者と同じ試験ならば……」

アンナは苦し紛れに、普段の振る舞いとは真逆の情けない言葉を紡ぐ。

「合格できたって……？」

アンナが眼前に迫りくる父親へと向かって、震えながら首を小さく縦に振る。

それを見た魔王は歩みを止め、大きな溜息をついた。

「現実としてお前に与えられた試練はこれだ。変えようはないし、変えるつもりもねぇ。お前は俺と戦うしかねーんだよ」

「父上と……戦うしか……」

再三の言葉を受けても尚アンナは子供のように震えながら、力なく障壁に背を預けている。その手が腰に携えた剣へと添えられることはない。

「そうか……なら仕方ねぇな……」

完全に戦意を喪失している娘に対して、魔王は遂に諦念の表情を浮かべる。

「お前は不合か――」

そして、不合格を告げられようとした時――

「待て!!」

静寂の場内に、耳をつんざくような叫び声が響いた。

「あ、えっと……いや……待ってください」

場内の注目が叫び声の主、フレイへと一瞬にして集まる。

「なんだ、てめぇ……」

いきなり横槍を入れられた魔王が不機嫌そうにフレイを睨みつける。

「その子に……不合格を言い渡すのは待ってあげてくれませんか?」

待機場所から場内へと一歩進み出たフレイは臆することなく、毅然とした態度で魔王へと請う。

「待てだぁ? なんだ、そんなにてめぇのクビが大事か? なら安心しな。先の四人の分でお前の働きは十分だ」

「いや、そうじゃな……そうではありません」

「なら何だ? あの時が続きがやりてぇって言うんなら受けて立つぜ?」

「そうでもありません……ただ、アンナにもう一度だけ機会を与えてやって欲しいだけです」

「あ? 機会だ? さっきも言ったが、試験の内容を変えるつもりはねぇし、このザマなら何度やっても同じ……無駄だ」

眼前にいる娘を既に見限っていることを意味する言葉を魔王が口にする。

寄る辺を完全に失ったアンナの身体は障壁を滑るように地面へ落ちていく。

「いえ、与えて欲しいのは……この子が成長するための機会です」

フレイが更に二人へと近寄りながら透明な障壁越しに魔王と向かい合う。

目の前にいる男を敵に回せば、周囲にいる数千にも及ぶ魔族をも敵に回すことになる。

そう考えながらもフレイは恐れず、真っ直ぐに魔王の目を見据える。

「アンナが貴方の期待通りに成長できなかったのは、全て教育係である俺の責任です。その子の責任ではありません」

「フレイ……？」

地面にへたり込むアンナが自分を救おうとしてくれているフレイへ潤んだ瞳を向ける。

「全部てめぇの責任だと……？　なら、やっぱりこいつの代わりにてめぇから先に俺とやるか？」

「俺はそれでも構いません……が、もし俺が勝ったらアンナにもう一度機会を与えてもらえますか？」

フレイが腰に差した剣を手を添えて、冗談の色を一切含んでいない口調で更に踏み出す。

主に向かって不敬とも取れるその対応に、観客席からは非難の声が浴びせられる。

「はっはっは！　言うじゃねぇか！　おもしれぇ！　そのクソ度胸に免じて……話くらいは聞いてやろうじゃねぇか」

魔王は殺気を隠すことなく、アンナから離れてフレイのほうへと一歩ずつ近寄っていく。

観客席の魔族たちは、ヒリついた空気の中で呼吸の仕方も忘れたかのように固まる。

「ありがとうございます。みんな、すまないな……合格のお祝いは少し延期だ」

振り返ったフレイが不安げに事態を見守っている四人へと向かって謝罪する。

それでも彼の行動に異議を唱えようとする者は一人もいなかった。

「ヘマした時の覚悟は……当然、できてんだろうな？」

「もちろんできていますが、失敗するつもりもありません」

脅すような口調の魔王に一切怖気づくことなく、フレイは再び真っ向から向き合う。

「なら、言ってみな……てめぇの考えってやつをな」

了承を得たフレイが眼前にいる男にだけ聞こえるように自身の案を告げる。

彼が選んだのは、人間界で開催されるある催しに彼女を参加させることであった。

三章

「うっ……ちょ、ちょっと待った……」

身体の芯に猛烈な悪心を感じて立ち止まる。

そんな俺と違って平然としているアンナが横から顔を覗き込んでくる。

「フレイ、どうした？」

「ま、まだ吐き気が……」

「やれやれ、飛竜酔いとは……だらしがないな……」

アンナが少し呆れるような口調でそう言ってくる。

確かに我ながら情けないとは思うが、飛竜に乗って長距離移動するなんてのは人生において初めての経験なのだから仕方ない。

むしろ、俺からすればお前はよくあの揺れの後で平然としていられるなと言いたい。

だが、その言葉を出そうとすれば別のモノまで吐き出してしまいそうだ。

「なるほど、これが人間の暮らす街か……」

アンナは吐き気と戦う俺の隣で、目を爛々と輝かせながら周囲を見回している。

そう、遠く屋敷のある場所から飛竜に乗ってやってきたここは魔族の領域ではない。

ここは人間が住む世界。俺の生国、レイディア王国のヴィルダネス領にあるアルバの街だ。

ある点を除けば大きくも小さくもないどこにでもある普通の街。

それでも初めて人間の世界に触れるアンナにとっては新鮮なのか、まるで子供のようにはしゃいでいる。

少し意外だったのは人間に対しては特に敵対的な感情を抱いてなさそうなことだ。

魔族たちは幼い頃から人間は敵だと教え込まれているのかと思ったが、少なくとも市井の人間たちに対しては全くそのような感情を持っていないように見える。

「あ、あんまり目立つようなことはするなよ……遊びに来てるわけじゃないんだからな……」

口元を押さえながら、アンナへと告げる。

翼は折りたたんで服の中に隠し、角や鱗なども魔法で髪やただの皮膚などに見えるように誤魔化してある。

ロゼが都合よく持っていた擬態用の魔法道具によるものだがバレる可能性はゼロではない。

アンナが敵対心を抱いていないとはいえ、人間からすれば魔族は仇敵以外の何者でもない。バレてしまえば大騒ぎでは済まない。

今のところは田舎から出てきた微笑ましい若者くらいにしか見られてなさそうだが、これから先はどうしても目立つことになってしまう。

「ああ、分かっているさ……」

返事をするアンナの顔にはまだ若干の陰りが見える。

あの出来事からもう二日が経過した。

それでも敬愛していた父親から見捨てられたことはそう簡単に拭い去れるものではないらしい。

だが俺のこれから与える試練を乗り越えられれば、この子はあの父親が望んでいる成長を得られるはずだ。

「よ……よし、それじゃあ行くぞ……」

悪心を堪え、頭の中で計画を再確認しながらアンナを連れて街の中を進んでいく。

十分ほど歩くと、人でごった返す街の中心部へと到達した。

「ほほう……なるほど、これが……」

そこにある建造物を見て、アンナが感嘆の声を漏らした。

巨大な闘技場。

これこそがこの街を他の街とは一線を画す存在にしている建造物だ。

その堂々とした威容は、そこで幾度となく行われてきた激戦の数々を見ているだけで想起させてくる。

元々この地にあった一枚岩を削って作られた物らしいが、何度見ても息を呑んでしまう。

そして、この街が一年で最も盛り上がる催しが今日からここで行われる。

フェルド武術大会。

それは国内の有望な若者を集めて行われる最大規模の武術大会……というのが表向きの触れ込み。

その実態はもっとえげつないものだ。

まあ、それは俺たちにはどうでもいいことなので今は考えないでおこう。

「出場登録は……あっちだな、行こう」

見物もそこそこにして周囲を見渡す。如何にも力自慢というような風体の連中が大挙して列を成しているのがすぐに見つかった。

基本的には各校から推薦された学生が出場する大会ではあるが、自由登録の予選を勝ち抜いた者に与えられる出場枠が少数ではあるが存在している。

今回、アンナにはその枠を利用して大会に出場してもらうことにした。

予選登録の列には、どう見ても年齢制限を超えているような風体の奴もいる。それでも特に問題になっていないのは盛り上がりを優先しているのだろう。とにかく登録に関してはかなりザルだと言っていい。

本戦の出場者たちと同年代にしか見えないアンナが怪しまれることはないだろう。

「アンナ。俺が言ったことは覚えてるな？」

「ああ、覚えているさ……それは父上の意志でもあるからな……」

アンナが神妙な表情で呟く。

魔王には俺の意図を全て伝えた上で、危険を承知の上でアンナをここまで連れてくる許可を貰った。だが、アンナにはその意図を全ては伝えていない。伝えたのはただ一つ、優勝を目指して全力で戦えということだけだ。

「それでは次の方、どうぞ～！　……って、え？　あ、あの……出場希望の方……ですか？」

予選の受付をしている若い女性が俺の風体を見て露骨に動揺する。

長く伸びたヒゲに分厚い眼鏡。不潔さを感じる雑多で長い髪に、山奥の秘境から降りてきたばかりのような擦り切れた服装。

知っている人間に見つかると面倒なので絶対にバレない変装をしてきたわけだが、若い女性にこんな反応をされると流石に少し傷つく。

「あ、いや……出場するのはこの子で、俺……じゃなくてワシは引率じゃ……」

風体に合った声色に変えながら事情を説明する。

「あっ、あはは……そうですか、そうですよね～。あはは……それは失礼しました～……」

隣に立つアンナを見て、女性は安心したように笑った。

そんな心ない反応に若干心に傷を負いながらも、淡々と出場登録を済ませていく。

受付の女性はアンナの顔を好奇の目で何度もチラチラと見ている。

だがそれは特に素性怪しまれているわけではない。単に粗野な風体の連中ばかりの予選でアンナのような若い女性は珍しいというだけだろう。

案の定、予選の登録は例年通りザルだった。ド田舎地方の山奥にある小さな学校の生徒だと言っただけですんなりと通過することができた。

「……ずいぶんと簡単に通ったな」

登録を終えて待機中、建物の壁に背中を預けながらアンナが言う。

見た目からは分からなかったが、流石にバレないか少し緊張していたのかもしれない。

「まあな、予選はこんなもんだ」

本戦になれば、あの学院の生徒や来賓の貴族連中も関わってくるので警備は厳重になる。

それでも毎年有力選手によって一回戦であっさりと消されていく予選上がりの者に、そこまで厳しい目が向くことはないはずだ。

「はーい！　それでは、予選はあちらのほうで行われるので移動してくださーい！」

そうこうしている間に、すぐに呼び出しがかかる。

他の出場者らしき連中と一纏めにされて案内された先は、主会場である闘技場……から離れたところにある粗末な造りの小さな会場だった。

お世辞にも立派とは言えない野ざらしの会場で身体の大きいだけの者たちが適当な殴り合いを繰り広げている。

所詮は予選とはいえ流石に色々と雑すぎる……。

それだけでなく、昼間から飲んだくれている中年の男たちが観戦しながら下品な野次を飛ばしている。

確かに娯楽の少ない平民にとっては一年に一度の祭りなので仕方ないのかもしれないが……。

「それで、私の相手はどこにいるんだ？」

「そう慌てるな。出番が来たらすぐに呼ばれる。それまでに集中を切らすな」

会場の様子を脇で眺めながらソワソワしているアンナを諫める。

逸る気持ちはよく分かるが、焦りすぎは禁物だ。

仮に今の状態で帰ったとしても、あの父親は是としない。再試験の機会を得るために今はこの大会に集中してもらいたい。

「アンナさーん！　登録番号百十一番のアンナさーん！　いませんかー⁉」

そうしている間に案内係の女性から呼び出しがかかった。

「ほら、言ってる間に出番が来たぞ」

「ああ、そうみたいだな。では、行ってくる」

「まだ予選だからな。手を抜けとは言わないが、あんまり目立つようなことはするなよ？」

「ああ、分かっているさ……」

遠く魔族界に思いを馳せるような目をしているアンナが案内係の女性に連れられて場内へと入っていく。

本当に分かっているのか、正直言ってかなり心配だ……。

憂慮しながら、試合がよく見える場所へと移動する。万一何かあった際はすぐに連れて逃げられるように出口の方向も確認しておく。

一方、会場の中央では何の告知もないまま、ただ偶然出会ったようにアンナとその対戦相手が顔を合わせていた。

「おいおい……この女が俺の相手って、まじで言ってんのか？」

二メルトル程の身長を持つ対戦相手の男が悠然と立ちアンナを指し示す。

アンナも女性としては高身長なほうだ。それでも両者の体格差は普通であればこれから戦うのが心配なほどに歴然としている。

「ほう……人間の男にもこれほど大きい者がいるのだな。まるでオーク族のようだ……うむ……」

「あぁ⁉　オークだと……？　このアマぁ……誰に向かってふざけたことを抜かしてんのか分かってんのか⁉　ヤっちまうぞ⁉」

男の巨体を眺めながら感心するようにアンナが頷く。その言葉も悪意のない褒め言葉として使ったのだろう。

だが人間である男は当然のように侮蔑と捉え、アンナに顔を近づけて激昂しながら睨みつけている。

口調はあの父親によく似ているが、有する威圧感は竜と草食小動物くらいの差がある。

その証拠にアンナもあの時とは違い、全く動じることなく落ち着き払っている。

「おうおう！　やっちまえー！」

「いいぞー！　ねーちゃん！」

「やったれにーちゃん！　のしてからひん剥いちまえ！」

周囲から大量の下品な野次が飛ぶ。

アンナはそれを意に介することなく、悠然と佇んでいる。

「まさか……女だからって加減してもらえるとは思ってねぇだろーな？　言っとくが、俺の前に立った以上は容赦はしねーぞ？　まあ……終わった後にベッドの上でなら、加減してやらねぇこともないけどな！　がっはっは！」

「はぁ……下卑た男だ。いつでもかかってくるがいい。格下相手にこちらから先に手出しするようなことはしない」

「……んだと？　なら……お望み通り！　おらぁっ!!」

予選には開始の合図など存在していない。

挑発を受けた男はいきなりアンナへと向かって真っ直ぐに右の拳を突き出した。

だが、その拳は対象を捉えることなく空を切った。

「あぁ!? ど、どこ行きやがった!?」

アンナの姿を完全に見失った男が前方をキョロキョロと見回す。

あの流れるような足さばき。男の目にはアンナが消失したようにしか見えなかっただろう。

だが、もちろん本当に消えたわけではない。俺や観客たちの目にはアンナの姿はしっかりと映っている。

「ここだ」

その言葉と同時に、男の背中をアンナが軽く手刀で叩いた。

「むぅんぐぅっ!」

軽く見えた一撃に反して、男は口から奇怪な叫び声を上げる。

数秒前まで騒いでいた観客たちは一人残らず沈黙してしまっている。目の前で何が起こったのかまだ理解が追いついていないのだろう。

白目を剥いた男が地面に倒れる音が静寂の場内へと響く。それから更に数瞬の静寂が続いた後——

観客が大きく沸いた。

酒で焼けた感嘆の声だけでなく、口笛や酒瓶を叩く音がうるさいほどに鳴り響く。

「え、えーっと……と、登録番号百十一番、アンナさんの勝利です！ わっ！ あの！ み、皆さん！ 勝者の宣言中は！ 少しだけお静かにお願いしまーす！」

進行役の女性の声は、場内を埋め尽くす音の波にかき消されて微かにしか聞こえない。

まだできるだけ目立つなとは言ったが……まあ、こうなるよな……。

会場の中央で得意げに歓声を浴びているアンナを見ながら頭を抱える。

その後も予選に出てくるような連中に、アンナの相手になる者は一人もいなかった。

次から次へと充てがわれる対戦相手を武器を手にすることなく倒し、アンナはあっという間に本戦への出場権を手に入れた。

"

「アンナ選手！　地元新聞社の者ですがお時間よろしいでしょうか⁉」

「おいこら！　先に取材しようとしていたのはこっちだ！　横入りするんじゃねぇ！　後ろに並んでろ！」

予選会場に大柄な男たちを一撃でのしていく少女がいる。それも名高い学院の生徒ではなく平民らしい。

そんな噂は瞬く間に広がり、本戦が始まる頃にはアンナの周囲には常に人の輪ができてしまう状況になってしまった。

確かに手を抜けるような性格ではないとは思っていた。それでも、もう少し苦戦を演出してもらうくらいはしてほしかった。

おかげでこの有様だ……。

「きゃー！　アンナ様ー！」

「こっち見てくださーい！　あっ、今目線あった！」

「違うわよ！　今のは私のほうを見たのよ！」

既に熱狂的なファンクラブのようなものまで出来てしまっている。それも何故か女性比率がやけに高い。

いや、確かに同性にモテそうな雰囲気をしてはいるが……。

「ふむ……困ったな……。すまない、少し通してもらえないか？」

満更でもなさそうなアンナが聞き分けの良いファンの群れを一言で割って戻ってくる。

「全く……まだ本戦前だって言うのに目立ちすぎだ……！」

「いや、すまない。まさかこんなことになるとは思いもしなかった」

本戦でも勝てる可能性を持つ平民が出てきたのは、それほどに大きな出来事なんだろうが早い段階で目をつけられるのは非常に困る。万が一正体がバレると全てが水の泡だ。

「それで、フレ……じゃないフー老師よ。次の予定は？」

アンナが俺の怪しい見た目に合わせて付けた偽名を呼ぶ。

「次は本戦の組み合わせの確認だな」

「組み合わせか……。私は相手が誰であれ負けるつもりはないが、君がそう言うのであれば確認しにいこうか」

自信に満ち溢れているアンナを連れて、本戦の組み合わせの確認へと向かう。

「ふむ……私はここか……。しかし、名前だけ書かれていても私には誰がどういう人物なのか全く分からないな……」

顎に手を当てて、本戦の組み合わせ表を眺めるアンナ。

周囲は参加者たちやその関係者でごった返している。

既にその存在は知れ渡っているのか、そこにいる皆がアンナのことを見ている。

そんな連中を横目に、俺は組み合せ表の中からあの名前を探していく。

十分すぎる実力を持っているにも拘らず、その出自からこの大会とは縁がなかったその名前を。

今年は十回目の開催となる記念大会だ。

出場枠が大きく拡大されるという話は半年以上前から聞いていた。そして、拡大した枠に入れられる候補として、あの子の名前が挙げられていたことも。

「どうだ？　手強そうな者はいたか？」

俺が特定の誰かを探しているということを察したのか、アンナが尋ねてくる。

「……ああ、いたぞ」

それとほぼ同時に俺も見つけていた。

リリィ・ハーシェル。元教え子であり、学院の歴史においても最高峰の才能を持つ少女の名前がアンナとは反対側の山に書かれている。

担当教官である俺の不祥事で、候補から外されている可能性も考えたが杞憂だったようだ。

「その者とはいつ戦えるんだ？」

アンナは俺が認める強敵と戦えるかもしれないことが嬉しいのか、少し興奮気味に尋ねてくる。

「いや、今はまだ気にするな。それより目の前の相手に集中しろ。そうすれば、すぐに戦える」

「……確かに、その通りだ」

今の時点であまり気負わせることはない。

リリィと当たる前に怪我でもして全力で戦うことができなくなったら困るからな。

「ここから先の対戦相手は文字通り予選の連中とは住んでる世界の違う奴らだ。心してかかるんだぞ」

武術大会なので直接的な攻撃魔法は制限されているが、身体強化等の補助魔法は許可されている。

そして、ここからの相手はその多くが貴族の血筋で名高い学院の生徒たちだ。

全員が武術だけでなく魔法にも長けている。予選のように気を抜いても良い相手は一人もいない。

「それは楽しみだ。心が躍る」

アンナが不安や怯えなどは一切感じさせない表情で言う。

これが父親相手には一気に反転してしまうのが、この子の抱えている問題の一つだ。

父親に対する行き過ぎた崇拝に近い感情は、人格にある歪みを生じさせてしまっている。それを矯正しないと再試験も間違いなく不合格になる。

「どうした？　妙な顔をして……」

「いや、なんでもない。それよりそろそろ時間だ。行くぞ」

アンナの問題について考えていると、既に本戦開始の時間が迫っていた。

二人で急いで待機場所へと向かう。

「遅いですよー！　危うく遅刻で失格になるところでしたよ！」

「す、すいません……人混みのせいで……」

案内係の女性に謝りながら待機場所を通過する。

入場口の手前に到着すると、その向こうに既に準備が整っている会場が見えた。

中央には半球状の魔法障壁で囲まれた空間。その更に中央に一枚の石板で作られた演台がある。その上が戦いの舞台であることは一目で分かった。

その場で入場の前に係の者から試合のルールが説明される。

「あれが初戦の相手か……」

ルールを聞きながら、アンナは舞台の上を見つめている。

そこでは対戦相手である男子が、数千人にも及ぶ観客の熱気を一身に受けている。

向こうの視線もまだ入場していない俺たちのほうへと向けられている。

その堂々たる立ち姿からは、予選上がりの平民に負けるわけないという強い意志が伝わってくる。

「よし、行くぞ！」

アンナの背を押して、二人で場内へと足を踏み入れる。

観客たちの視線が噂の赤髪の女性に集中する。アンナは大歓声の中でも動じずに堂々としている。魔王の娘というだけあって衆目に晒されることは慣れているのだろう。下手したら俺のほうが緊張してしまっているかもしれない。

「気をつけろよ。さっきも言ったが、ここからの相手は予選とは桁が違うぞ」

「ああ、分かっている。問題はない」

アンナが備えられた階段を上って、戦いの舞台へと足を踏み入れていく。

対戦相手の男子はアンナを見据えながら、露骨に嫌悪の表情を浮かべている。名門校出身の自分よりも平民の女が大きな歓声を受けていることが気に食わないのだろう。

奇しくも同じ長剣を腰に差した二人が舞台上で向かい合う。

「それでは！　第一試合！」

音を増幅させる魔法道具で、歓声を上回る大きな音になった女性の声が場内に響く。

「エストレア学院のダマント選手と、えーっと……ミラジュ学院のアンナ選手の試合……開始です！」

「いくぜっ！　俺の剣技を——」

試合が開始され、ダマントと呼ばれた男子生徒は素早い手付きで腰に携えた剣に手をかけた瞬間

——一切の予備動作もなく、その眼前へとアンナが一足で踏み込んだ。

「へ？」

突然、目の前に現れたアンナを目を丸くして見つめるダマント。

踏み込んだ最初の一歩に使われた魔力は既に布製の篭手に包まれた右手へと移動させられている。

惚れ惚れするほどに滑らかな魔力の遷移だ。

感心している間に、アンナの右手がダマントのみぞおちに深々と突き刺さった。

下からえぐり込まれたそれに悲鳴を上げる間もなく、白目を剥いたダマントは顔面から石板上に倒れた。

場内に妙な静寂が生まれ、アンナは何か問題があっただろうかと言いたげな表情で数度周囲を見回している。

「しょ、勝負あり！　アンナ選手の勝利！」

直後、ようやく判定員が試合続行が不可能であることを示す身振りを行った。

「や、やばっ！　今、かなり危ない倒れ方をしたぞ！」

「きゅ、救護班！　すぐに運べ！」

慌てふためきながら倒れた対戦相手へと駆け寄る救護班。

場内の大半を占める観客たちからは予選とは比較にならない大歓声が上がる。

一方のアンナは自身へ向けられる歓声と全く噛み合っていない複雑な表情を浮かべている。

それは対戦相手が予選と同じく全く期待に応えてくれなかったという落胆の感情に違いない。

俺としてもまさか本戦の連中でさえ、この子の相手をするには力不足だとは思わなかった。正直もう少しは粘ってくれるものかと思っていたが名門校が聞いて呆れる。

しかし、それでも問題はない。

決勝まで進めば、間違いなくこの子の期待に応えてくれる相手が待っている。

“ ”

本戦でも予選と同じくアンナは武器を使うこともなく、徒手空拳のみで対戦相手を一撃のもとに倒し続けた。

その度に彼女を取り囲む記者やファンたちの群れは大きくなり続け、正体がバレないかと冷や冷やしている俺の心労も増していった。

一方、反対側の山ではリリィも順調に勝ち進んでいるようだった。

試合の観戦は一度もしていないが、どこからともなく流れてくる話を聞いている限りでは苦戦することなく勝ち進んでいるらしい。

昔の教え子が成長した姿を見てやれないのは残念だが、今はアンナのことだけに集中しなければならない。

アンナはその後も危なげなく勝ち進み、あっという間に準決勝まで駒を進めた。

「いよいよ準決勝か、次の相手は……あいつかぁ……」

入場口のすぐ側で準決勝の準備が整うのを待ちながら、手元の組み合わせ表を確認する。

表の中央へと大きく近づいたアンナの名前。その隣にある次の対戦相手の名前は俺にとって嫌な因縁のある女子生徒のものだった。

「ふむ、マイア・ジャーヴィスと書いてあるな……知ってる名前か？」

「ああ、嫌ってほどにな」

俺が学院から追放されることになった元凶の一人だ。忘れろと言われてもそう簡単に忘れられるような相手ではない。

あの毒々しい紫色の髪を持つ少女の憎たらしい笑みはすぐにでも思い出せてしまう。

「この者は強いのか？」

アンナが短くそう尋ねてくる。

言葉の端から、そろそろまともな相手と戦いたいと思っているのが明確に伝わってくる。

予選から合わせてもう二十人ほどの相手を一撃で倒し続けてきている。

もはや戦闘ですらない単純作業に対して苛立ちがかなり溜まっているのだろう。

「ああ、俺が以前勤めていた学院では二番手の実力者だ。剣と魔法の実力もあるが、一番やっかいなのはその性格だな」

「……性格？　どういうことだ？」

武を競い合う場で関係あるのか、と言いたげな表情を向けてくる。

だが支配する側の人間によって整えられたこの場では大いに関係があると言える。

「どんな些細なことにでも自分の家柄による力。つまりは権力を使うことに何の忌避感も抱かない性格ってことだ」

「なるほど、権力か……。つまり、不正や物言いの入る余地がある戦い方をしてはならないというわけだな？」

「まあ、有り体に言うとそうなるな。既に審判が丸め込まれている可能性くらいはあるかもしれないから気をつけろ」

その権力を存分に使われて追放された俺が言うと説得力もあるだろう。

「では……言いがかりの入る余地がないほどに、完膚無きまでの勝利が必要そうだな」

アンナが不穏な言葉を口にしたのと同時に、右から聞き覚えのあるムカつく声が聞こえてきた。

「おお！　閣下！　お久しぶりです！」

「ん？　貴様は確か……」

「フォードです！　アリウス・フォードであります！　閣下！」

「おお、フォードの次男坊か。久しいな」

「閣下こそ、ますますご健勝そうで何よりです！　さあ、どうぞこちらへ！」

声のする方向へと振り返る。最初に目に入ったのは、こちらも嫌というほどによく知った金髪の男だった。

それは俺をあの学院から追放した元凶のもう一人、アリウス・フォード。

アンナの次の対戦相手であるマイアの担当教員であり、婚約者でもある男だった。

趣味の悪い高そうな服に身を包み、キザったらしい大げさな仕草をするのは相変わらずみたいだ。

今は目の前にいるブクブクと醜く肥え太った中年の男に媚を売るように話しかけている。

アリウスによる先導のもと、その肥えた男が用意された来賓用の座席へと座った。

その顔が俺のほうへと向けられた瞬間、心臓が氷のように冷たい手で鷲掴みされたように跳ね上がった。

その男は公爵、フェルド・ヴィルダネスに間違いなかった。

この大会が冠している名前の人物であり、拝名五大貴族にその名を連ね、この地域一帯を治める男。

勇者ルクスの仲間の一人として魔族の軍勢に大打撃を与え、人類に反攻の希望をもたらしたとされている男。

そして、あの夜に……俺を――

服の内側に忍ばせた剣の柄を握る。

心臓の鼓動が歓声の中でもうるさいほどに聞こえる。

無意識の内に強く噛み締めていた歯が軋む音が鼓膜を震わせる。

向こうは俺のことなど歯牙にもかけていない。

それは変装しているからというわけではない。単にこの豚は俺の存在などとうに忘れ去っているだけということだ。

しかし今、俺の刃が届く距離に間違いなくその男はいる。自身をおだてるだけの存在と化した者たちに囲まれながら、無防備にその首を晒している。

今ならその喉元に剣を突き立て、醜い顔に向かって呪詛の言葉を吐き捨てることができる。絶望に打ちひしがれるその首を跳ね飛ばすことができる。今の俺ならそれができる。そうするためにこれまで生きてきた。

どれだけ惨めな思いをしても、どれだけ困難な道であっても、こいつらを一人残らずこの世から……。

剣を更に強く握りしめて、脚部に魔力を込める。

対象までの距離は十メルトルもない。一足で飛びかかって一瞬の内に終わらせられる。

「――し！　――老師！　フレイ！　どうした⁉」

肩を叩かれてようやく自分の名前が何度も呼ばれていたことに気がつく。

「あ、ああ……アンナか……」

「アンナか……ではない、一体何をしているんだ？」

怪訝な顔を浮かべるアンナ。俺の殺気と魔力に気がついたのか、肩に置かれた手には強い力が込められている。

「いや……なんでもない……大丈夫だ……」

大きく深呼吸をして昂ぶる感情を落ち着かせる。

そうだ、今この場にいるのは俺だけではない。もしここで奴を討ってしまえばアンナにも危険が及ぶ。大事な令嬢を預かっている身としてそんなことをするわけにはいかない。

それに捨て身で奴一人を討っただけでは何の意味もないのは俺が一番よく分かっている。

「本当か？」

じっと俺の目を見て、その真意を確かめるように尋ねてくる。

「ああ、ちょっと気分が優れなかっただけだ。もう何日も経つのにまだ飛竜酔いの影響が残ってるのかもな……」

「全く……情けないな……」

その言い訳で一応は納得してくれたのか、アンナが俺の肩から手を退ける。

それに合わせて、俺も汗でびっしょりと濡れた手を剣の柄から離す。

視線の先、来賓席ではまだあの二人は会話を続けている。何かめぼしい情報が得られるとは思わないが視線はアンナのほうへと向けたまま、二人の会話に聞き耳を立てる。

「この有様は一体どういうことなのだ？　今年は粒揃いと聞いていたのだがな」

フェルドの豚はその顔に不満を露わにして、アリウスに詰め寄っている。

「え、えー……閣下、ご心配なく！　た、確かに多少予定から外れているようにも見えますが、実はこれも全て想定通りであります！　ここまで快進撃を成した平民が結局は我が校の生徒に叩きのめされるという演出であります！」

その会話から、こいつらにとってはやはり武術大会とは名ばかりで、実態は貴族の力を見せつけるための見世物でしかないことが分かる。

実際、例年は観客たちも思い知らされていた。平民が努力と積もうと、身分の差の前には全てが無意味であると。

だが今年は違う。準決勝に残った四人の中に、得体の知れない平民がいるというのは前代未聞の事態だ。

しかも、そいつがルクス学院の生徒を含む、貴族の子息たちをいとも容易く倒して勝ち上がっている。

敗北した生徒の担当教員たちは甚だ居心地が悪い心地に陥っていることだろう。

一方でそんな貴族連中とは対照的な一般民衆の観客たち。

今回は平民の希望の星といえるアンナの存在に、過去に類を見ないほどのお祭り騒ぎとなっている。

実はその応援している相手は平民どころか人間でもないわけだが、まあそれはこの際些細なことだ。

とにかく貴族連中がこの事態に大いに憤慨していることには清々しさを覚える。

「まあよい……それで、次の試合は誰が出るのだ？」

「閣下、次は私が受け持っている学院一の剣術の名手、マイア・ジャーヴィスにございます！」

「ほう、ジャーヴィスのところの娘か。それは楽しみだ」

「はい、閣下。それはつまり……平民の快進撃もここまでということでございます！」

アリウスが隣にいるフェルドに対して自慢気に告げる。

大げさな語り口調から発せられるその声は、次の対戦相手である俺たちのほうまで丸聞こえだ。

一方、当のマイアは一足先に舞台へと上がり、来賓席へと向かって鬱陶しい身振りで自分の存在をアピールしている。

これから始まるのが自分のための舞台であることを疑っている様子は微塵もない。

「さて……出番だな」

「アンナ、ここからは全力でやってもいいからな」

準決勝の場へと赴くアンナの背中へと向かって告げる。

残すはもう二試合だ。仮に連中を完全に敵に回したとしても、アンナの素性を調べ上げる時間は残っていない。

全てが虚偽の情報であることを知った時には、俺たちは既に魔族界に戻った後だ。

つまり、これからはどれだけ目立っても問題はないというわけだ。まあ既に散々目立ってしまっているが……。

アンナは返事をせずに、悠然と舞台へ歩いていく。

ここからでは見えないが、その顔には不敵な笑みが浮かんでいるように感じた。

“　”

階段を上ってアンナが舞台上に姿を現す。来賓席のほうを見ていたマイアもようやく対戦相手の存在に気がつき、視線を向ける。

互いに所定の位置について試合が開始するかと思った時、マイナの口元が忙しなく動き出した。

歓声にかき消されて何を言っているのかは分からないが、大体想像はつく。

どうせ貴族だの高貴だの、平民だの低俗だのと言っているんだろう。

対するアンナはマイアの口から矢継ぎ早に紡がれている言葉に全く興味を示していない。落ち着き払った佇まいで試合開始の合図を待っている。

それでもマイアはまだ口上を続けている。

ここまで来ると逆にすごいな。あっ、今微かに平民って聞こえたぞ。

数分後、ようやく言いたいことを言い終えたらしいマイアも試合開始に備えて剣の柄に手を添えた。

「それでは！　準決勝第一試合！」

直後、場内に増幅された女性の声が響く。

「ミラジュ学院アンナ選手とルクス学院マイア選手の試合……開始です！」

試合開始の合図が高らかに響き渡ると同時に、先手を仕掛けたのはマイアだった。

腰を落としながら、素早い手付きで装飾過多な趣味の悪い鞘から剣を引き抜く。

腰を使った最速の抜刀から続けて、マイアは一直線にアンナへと斬りかかった。身体の回転を利用した左上からの袈裟斬りが放たれる。

それは単純な剣技だけでなく、風の魔力を帯びている高速の剣閃。

剣の名家であるジャーヴィス家の名に恥じない素晴らしい一撃だ。使い手があの憎たらしい少女であるというのが癪だが。

対するアンナは後方へと跳んで、その一撃を紙一重のところで回避する。

それでもマイアの追撃の手は収まることなく、開始早々に畳み掛けようとしている。

「ふむ、なかなか速いな。なるほど、確かにこれまでの相手とは一味違うな」

アンナは対戦相手の剣技に感心しながら悠々とマイナの攻撃を避け続けている。

「低俗なネズミのようにちょこまかと！　逃げ足と口だけは達者のようですわね！」

マイアは身体に纏う魔力を巧みに操りながら、アンナを舞台の端まで追い詰めていく。

「ですが、まだまだ！　私《わたくし》の力はこんなものではないですわよ！」

マイアが両手に握った剣へと向かって更に大きな魔力が流れ込んでいく。

そして、強大な風の魔力を帯びた長剣が最上段からアンナへと向かって一気に振り下ろされる。

「いや……そのくらいでもう十分だ」

金属が爆ぜたような甲高い音が鳴り響く。

マイアの腕の動きが、アンナの肩から腰にかけてを切り裂くような軌跡を描く。

「あ、あれ……？」

だが、その渾身の一撃は何も斬ってはいない。

目標を斜めに両断する勢いで振り抜かれたはずの剣は、マイアの手に握られていない。

それがどこに消えたかといえば……。

「よっ……と」

まるで当たり前のように、空から振ってきた薄身の長剣をアンナが掴み取った。

「ふむ……随分と豪勢な鞘に包まれていたので、どれだけ素晴らしい銘品かと思ったが……豪華なのはガワだけで中身は他と同じ玩具か……」

アンナが左手に持った長剣をまじまじと観察している。

それはこの大会のために用意された防護魔法によって殺傷能力が削がれている長剣だ。ついさっきまでマイアが振るっていた物でもある。

アンナの右手にもほとんど同じ形をした剣が握られている。そっちはアンナ個人へと大会から貸し出された物だ。

何故マイアの剣がアンナの手元にあるのか、一体アンナはいつ剣を抜いたのか、今の一瞬で何が起こったのか。会場にいるほぼ全ての者の理解が追いついていないことだろう。

やられたマイアすらも、その場で何が起こったのかを全く理解できていないようだ。茫然とした高貴さの欠片もない顔でアンナを眺めている。

起こったことはそう複雑ではない。むしろ単純だ。

マイアによる風の魔力を帯びた超高速の一閃。

それをアンナは更に速い居合いからの斬撃で真上に弾いたというだけの話だ。

そうして弾かれた剣は宙を舞ってアンナの手元に収まり、今に至ったということになる。

「え？　そ、それ……私《わたくし》の……？」

「ん？　ああ、すまない。返そう」

アンナが剣を取ってしまったことを申し訳そうにしながら、マイアへと投げ渡す。

空中で何度か回転しながら、それはマイアの手にすっぽりと収まった。

「あっ、どうも……ですわ……」

受け取ったマイアはまだ混乱しているのか、普段の彼女にはありえないお礼の言葉を口にした。

「それから、先に謝罪しておく。君は非常に小賢しいという話を伺ったのでな。完膚なきまでの勝利ということで、これまでより少し乱暴な方法を取らせてもらうことにした」

「……は？　貴方、何を仰って……」

アンナが何故かマイアへと向かって謝罪の言葉を紡ぐ。マイアはそんなアンナに対して、不可解な表情を向けている。

さっきも同じようなことを言っていたが、俺もアンナが何をしようとしているのかは分からない。

「ええい！　と、とにかく仕切り直しですわ！　私が平民相手にこのような不覚は二度と起こりませんわよ！」

再び向かい合った二人の距離は試合開始時とほぼ同じ。

アンナはすぐ後ろに場外を背負っているが、立ち位置的な不利など一笑に付すほどの実力差が両者にはある。

マイアは未だそれに気づくことすらできていないのか再び剣を構える。

そして、懲りずに風の魔力を纏わせていく。

対するアンナは、一度抜いてしまったことですら不本意であったかのように剣を鞘へと戻した。

「こ、このぉ……平民ごときが私を舐めるのも……大概になさい！」

自分を見下すようなアンナの振る舞いに業を煮やしたマイアが一直線に突貫する。

そのまま、再び上段から斬り下ろす高速の一閃が放たれ……ようとしたその瞬間——

マイアの腹部にアンナの足刀蹴りが深々と突き刺さった。

威力を想像するだけで悶絶しそうになるほどの完璧なタイミングで入った返しの一撃。

突進力が最大となった瞬間に、その力を逆に利用された一撃を受けたマイア。

彼女は纏った風の魔力の制御を失い、暴走した魔力と蹴撃の合力によって後方へと吹き飛んだ。

「へぶっ！　ぎゃっ！　ぅ゛にゃっ！」

奇声をあげながら石板上を、まるで水面を切って飛ぶ小石のように跳ねるマイア。

そのまま場外へと転がり落ち、更に地面の上で砂埃をあげながら二転三転としてようやく停止した。

「……しまった。流石に飛びすぎたな……」

蹴りの体勢で止まったまま、アンナは言葉通りのしまったというような顔をしている。

観客、審判、来賓の貴族たち。

皆が目を丸くして吹き飛んでいったマイアのほうを見ている。アリウスに至っては口まで大きく開いた間抜け面まで晒している始末だ。

「しょ、勝負有り！　アンナ選手の勝利！」

遅れて審判から決着を告げる合図が発せられた。

誰の目から見てもはっきりと分かる場外。確かにかなり乱暴だが文句や不正の入る余地のない完勝だ。

「い、急げ！　今のは流石にやばいぞ！」

勝ち名乗りを受けるアンナの側を通って、救護班がマイアのもとへと駆け寄っていく。

「ふ、触れ……わた……しに……穢らわ……いっ！　穢らわしい手で……ぐっ……触れ……いで……」

場外へと吹き飛んだマイアは流石というべきか、まだ意識を保ってはいるようだ。

身体はボロボロでも肥大化した自尊心だけはピンピンした状態で、救護班に普段通りの悪態をついている。

そんなマイアの声が俺にもはっきりと聞こえるほどに、場内は静まり返っている。

その沈黙には、今年は本当に大番狂わせがあるんじゃないかという期待が多く含まれているのが分かった。

「わた……しが……また……負……け……。けっ……しょうで……あの女に……こん、どこそ……」

一方でマイアはまだ今起こった現実を受け止めきれていないようだ。

苦痛と茫然が同居したような表情で呻きながら、救護班によって担架に載せられている。

「え、えーっと！　それでは！　勝者のアンナさんに今のお気持ちを聞きたいと思いまーす！」

進行係の女性がアンナの側へと駆け寄り、その口元に音を増幅させる魔法道具を向けた。

「ん？　なんだこれは……おお！　声が大きくなるのか！　ほぉ……すごいな……一体どういう理屈なんだ……」

人間界の未知の道具を前にして、さっきの試合よりも遥かに大きな興奮を見せるアンナ。

観客たちは凛々しい見た目に反して子供のようにはしゃぐそんな彼女を微笑ましげに眺めている。

「あはは……、それでは決勝戦へと一足先に駒を進めたご気分はいかがでしょうか？」

「気分か……ふむ、そうだな……」

アンナが腕を組んで顔を伏せ、考え込むような仕草をする。

それから舞台の袖を通って運ばれていくマイアを一瞥して、すぅっと大きく息を吸ってからゆっくりと口を開いた。

「どんな強者がいるのかと思って遥々とやってきたが、非常にガッカリしている」

そして、そう言い切った。

「とにかく、どいつもこいつも弱くて話にならない。あの程度の者が相手では殺してしまわないように手加減することがただ勝つよりも難しかったぞ」

そう言いながらアンナが指し示したのは、担架で運ばれている最中の紫髪の少女だった。

元々冷え切っていた来賓席の温度が更に下がっていくのがはっきりと分かった。

アリウスは顔を青白く変色させて凍りついたように固まっている。

一方で俺は、周りから怪しまれないように笑いを堪えるので精一杯だった。

「決勝戦では、もう少し骨のある相手と戦えることを期待している。以上だ！」

アンナが勝利者への聞き取りを打ち切る。

同時に、凍りついている来賓席を溶かしてしまいそうになるほどの熱気が会場を包んだ。

歓声や口笛だけでなく、一体どこから持ち込んできたのか、太鼓の音までうるさいくらいに鳴り響いている。

そんな中、身体だけでなく自尊心までボロボロにされてしまったマイアが喚く声が会場の外へと消えていった。

アンナと二人、用意された控室で次の対戦相手が決まるのを待つ。

「むっ、あまり旨くないな……」

用意された香草茶を飲んでアンナが顔をしかめている。

そんな姿を眺めながら、先刻の啖呵を思い出す。

あれで観客は大いに沸いたし、俺としてもかなり痛快な出来事ではあった。一方でこの子の意欲がかなり低下していそうなのが少し心配だ。

流石に準決勝までアンナの相手がまともにできる者がいないのは誤算だった。

「次はいよいよ決勝だな」

「そうだな。しかし……このままでは決勝も歯ごたえはなさそうだ。フレイ、これで本当に父上は私を認めてくれるのか……？」

不安げにそう尋ねてくるアンナは俺と魔王の取り決めの全てを知っているわけではない。

だから、この大会で優勝すればすぐに再試験の機会が与えてもらえると思っているようだ。

しかし、本当に認めてもらうために必要なのは勝つことではない。必要なのは正しい成長であり、大会での勝敗自体はさして重要ではない。

「なあアンナ、俺と賭けをしないか？」

残した茶を机の上に置いたアンナに、これまで秘めていた話を持ちかける。

「賭け？　いきなりどうした？　藪から棒に……」

いきなり妙なことを口走りだしたと思ったのか、訝しげな目を向けてくるアンナ。だがこれはアンナを合格に導くために、当初から考えていた作戦の一つでもある

「いや、実は決勝に来たら言おうと思ってたことだ。賭けの条件は決勝の結果。お前が勝ったら……試験に合格したってことにしてやる」

「合格!?　それは本当か!?」

一転して前のめりに食いついてきた。まあ、そのために遥々ここまでやってきたのだから当然か。

「ああ、本当だ。お前の親父にも話は通してある」

通してはあるが、向こうとしてはそれはかなり不本意な形になる。

だから、もしそうなった場合は俺の首が飛ぶ。それも物理的な意味でだ。

「父上にも……ならば受けよう。私としては願ってもない話だ」

希望に満ちた表情を浮かべてアンナが俺の申し出に応えた。これでやる気を出してくれるならまずは一つ解決だ。

「負けた時の話は聞かなくていいのか？」

「ああ、どうせ勝つからな」

アンナが自信に満ちた表情でそう答えたのと同時に、入口の扉が開いて案内係の女性が入ってきた。

「準決勝第二試合も終わりましたー。決勝は二時間後になりまーす」

そして、俺たち二人へと向かって軽快な口調でそう告げてきた。

「二時間後か……」

「はーい、それまではごゆるりとお休みくださーい。ではでは～」

「それで、第二試合の勝者は？」

部屋から出ていこうとした女性を呼び止めるように、アンナが女性へと尋ねる。

「あっ、ごめんなさい。そうですよね。えーっと、アンナさんの決勝の相手はルクス学院のリリィ選手になりました。女性同士の決勝は初めてだそうですよ！　頑張ってくださいね！　ではでは～」

対戦相手の名前を告げた女性が改めて退室していく。少し馴れ馴れしい口調は、彼女が個人的にもアンナを応援しているようにも聞こえた。

「……何やら君は聞くまでもなく、その者が相手であると分かっていたようだな？」

「まあな」

準決勝の相手は確か同じ学院の俺もよく知る有力な男子生徒だったはず。それでも、勝敗は聞くまでもなく分かっていた。

「君が前に言っていた手強そうな相手というのがその者か？」

「ああ、そうだ。そいつは……俺の昔の教え子でもある」

「ほう……昔の……それは楽しみだな……」

その情報を聞いたアンナが、ここに来て初めて興味深そうな表情を見せた。

妹たちを合格に導いた俺の教え子を下せば、父親に自分の実力を認めさせることができる。

きっとそんなことを考えているのだろうが、今度こそは本当に一筋縄ではいかない相手だ。

それにアンナがリリィとどう戦うのか、リリィがアンナとどう戦うのかは立場を抜きにして俺も楽しみだ。

決勝戦の戦いを想像すると、年甲斐もなく胸が高鳴った。

“

大観衆が生み出す熱気に包まれた決勝の舞台でアンナとリリィが向かい合う。

陽の光を浴びて輝く金色の髪、背筋が真っ直ぐに伸びた凛とした立ち姿。数カ月ぶりに見る元教え子の姿は何一つ変わっていない。

本当なら声の一つでもかけてやりたいが、今の立場でそれはできない。試合を通して成長した姿だけを見せてもらうことにしよう。

「か、閣下……ご、ご心配なく……優勝は我が校の生徒に間違いありません」

「……あれは平民の出なのだろう？」

「そ、それは……その……あの……」

すぐ近くにある来賓席から漏れた会話が聞こえてくる。

目を向けると、そこには苛立つフェルドとなんとか機嫌を取ろうとしているアリウスの姿があった。

決勝の晴れ舞台に残ったのは片や得体の知れない平民。片やルクス学院の生徒ではあるが平民の出自。貴族の力を見せつける大会であるという連中の思惑は完全に外れてしまっている。

そんなことを知ってか知らずか、観客たちは過去最高に活気づいている。

だが、ここに来て俺のほうには一つ大きな問題が発生してしまっていた。

それは舞台に立つリリィの顔に、目の前に迫った決勝戦に対する意欲が全く見られないことだ。理由は全く分からないが、その顔には若干の陰りさえ見える。

決勝戦までは必ず来てくれると確信していたが、これは完全に予想外の出来事だ。

このままもしアンナがあっさりと勝つようなことになってしまったら非常に困る……。

もちろん、いくらやる気がないとはいえ手を抜くような性格ではない。それでも意欲の有無というのは否応なしに実力に影響してしまう。

そんな俺の不安を他所に、試合はもうすぐ開始されようとしている。

大歓声に包まれる舞台の上でリリィがアンナのほうへと握手を求めて近づいていく。近づいてくるリリィに気づいたアンナも一歩前に出て握手に応じる。

二人の手が舞台の中央で重なる。それに感慨深い思いを抱いた時——

リリィが驚いたように目を見開き、アンナへと向かって何か言葉を発した。

その言葉は歓声にかき消されて俺には何を言ったのか聞こえなかった。アンナのほうは若干困惑しているような反応を見せている。

そこから更に数度のやり取りが行われる。次第にリリィの表情が鬼気迫るものへと変わっていく。

対するアンナは何故か自分の服の袖を鼻に当てている。一体、何をしているんだ……。

穏やかな握手から始まったと思えば、急に謎の前哨戦が始まって大きな困惑を覚える。

二人が握りあった手を離す。その直後、リリィの表情が覇気の溢れるものへと変貌した。

それは紛れもなく、目の前の相手とは全身全霊を以て戦う必要があると認識した顔だった。

一体、これほどやる気にさせるとはアンナは一体何を言ったのだろうか……。

とにかく、これで最後の懸念事項は消えて舞台は整ったと言える。

所定の位置へと戻った二人が向かい合う。

最初から全力で行くことを決めたのか、アンナは既に剣の柄に手を添えている。それは準決勝までは見ることのできなかった姿だ。

対するリリィもあらゆる邪念を捨て去ったかのような迷いのない所作で剣に手をかけた。

「それでは！　決勝戦！　ミラジュ学院アンナ選手とルクス学院リリィ選手の試合……開始です！」

そして、決戦を告げる合図が場内に響き渡った。

〝

――時間は少し遡って試合前。

「いいか!?　絶対に勝つんだ！　負けることは断じて許されない！　分かっているな!?」

決勝戦を控え、個室で休息を取っているリリィへと腹の出た中年の男が捲し立てる。

その人物は以前、リリィに決勝で負けることを暗に指示した学部長であった。彼はあの時の言葉が嘘であるかのように、今は一転してリリィに必ず勝てと苛烈に命令をしている。

その指示は当然リリィのためを思って言っているわけではない。それはただ自身の保身のために他ならない。

公爵を始めとした多くの貴族が見守っている大会。

そこで自分の選定した選手たちが揃って平民に負けたとなれば、彼の立場は学院のみならず、広い貴族社会においても失墜することになる。

平民の出とはいえ自校の生徒であるリリィが勝てば少しは溜飲を下げてもらえるだろう。そう考えて今は彼女に対して勝てと命令し続けている。

しかし、本来であれば尊敬すべき立場であるはずの教諭からのその言葉は、リリィの心に大きな影を落としていく。自分を導いてくれる本当の先生はいないのだと彼女に知らしめさせる。

「分かっています……必ず勝ちます……」

口にした言葉とは裏腹にリリィの決勝に対する意欲は更に削がれていく。こんな連中の保身のためには戦いたくないと。

「必ずだぞ！　いいな⁉」

学部長はリリィの精神状態に気づくことなく、怒りと焦りを露わにしながら退室していった。

控室に一人になったリリィは心の中で何度も自問自答を繰り返す。

優勝すれば約束にはきっと近づける。だが本当にこれで良いのだろうか、こんな不純な戦いで約束を果たすことに意味があるのかと。

しかし、決勝開始の時間を迎えてもその答えが出ることはなかった。

それから二時間後――

決勝の舞台で大歓声がリリィを包み込む。相対するのはまるで炎のように赤い髪を持つ同年代の女子。

どうせ自分は決勝で負けなければならない。

そう考えていたリリィはこれまで他の試合を一度も観戦していなかった。故に対戦相手については準決勝でマイアを一蹴したという情報しか持っていない。

そして、今になっても相手のことを知ろうとはせず、ただ漫然とその姿を眺めている。

先生が見ていてくれたら……。先生がいてくれたら……。

そう考えながらリリィがどれだけ客席を見渡してもフレイの姿がその目に映ることはない。

視界いっぱいに広がる観客からの大歓声が自分にではなく、目の前にいる対戦相手に向けられていることだけに気づく。

一方で貴族ばかりの来賓席からはリリィへと強い重圧が向けられている。その歪んだ状況に対して、リリィは釈然としない感情を募らせていく。

それでも目の前の対戦相手に対して敬意を払うために彼女は歩み出る。

リリィが握手を求めていることを察したアンナも彼女へと歩み寄り始める。

舞台の中央で互いの手が重なる。

その瞬間、リリィの脳に高圧電流が流れたような衝撃が走った。

彼女が感じ取ったのは重ねた手の感触でも、それを通して伝わってきた相手の実力でもなかった。

「どうして……」

リリィの口から自然と疑問の声が漏れ出る。

「ん？　何か言ったか？」

握手した相手から妙な視線を向けられたアンナが聞き返す。

「どうして……貴方から先生の匂いがするんですか……？」

リリィの鼻腔をくすぐった懐かしい感覚が脳を刺激し、言葉となって紡がれた。

「は？　何を言っているんだ？　匂い？」

突然、意味の分からない言葉をかけられたアンナは訝しげに聞き返す。

「くんくん……私の匂いだが……？」

続けて、自分の袖に鼻を当てて匂いを嗅いでから返事をした。

「いいえ！　私の！　私の先生の匂いです！　間違いありません！　どうして貴方から⁉」

リリィは対戦相手の身体に付着しているのがフレイの匂いであると確信していた。

授業中に、班での訓練中に、疲れて動けないと嘘をついておんぶしてもらった時に嗅いだ匂い。彼が脱いだ上着を隠れて抱きしめた時に嗅いだ匂い。

それを自分が間違えるわけがないと考えて、リリィはアンナへと詰め寄っていく。

久しぶりに摂取したフレイ由来のそれは、リリィから完全に理性を奪ってしまっていた。

「匂い……？　私の先生……？」

目の前にいる妙な女から出た言葉を並べながらアンナが首を傾げて考える。

「ああ、そうか……なるほど……そういうことか……」

合点がいったような反応と共にアンナが何度か頷く。

彼女は特に男女関係の機微に通じているというわけではない。それでも目の前にいる女の鬼気迫る表情と持っていた情報によって事情を察することができた。

「答えてください！　先生は今どこにいるんですか⁉　貴方は私の先生の何なんですか⁉」

「ははっ、そうだな……答えが欲しいのなら、その剣で私をひれ伏させてから聞き出せば良いんじゃないのか？」

アンナが目の前の相手から全力を引き出すために挑発の言葉を繰り出す。

それはアンナが想像していたよりも何倍、何十倍もの効果を発揮した。

「分かりました……ですが、その言葉……後悔しても知りませんよ？」

リリィの胸中を占めていた鬱屈とした感情は、その瞬間に全て消え去った。

代わりに目の前の女を叩き潰して、知っていることを全て吐き出させるという目的意識がその心を埋め尽くした。

「ああ……楽しみだ」

純然たる敵意を向けられたアンナが身震いする。

彼女が感じているのは、先日父親と対面した時のそれに勝るとも劣らない威圧感。

手を離した二人は、試合開始に備えて所定の位置へと戻る。

アンナが剣に手をかけると、それに呼応してリリィも剣に手をかける。

向かい合う両者の耳に歓声はもはや届いていない。その胸中は目の前の敵を全力を以て倒してみせるという感情だけで埋め尽くされていた。

「それでは！　決勝戦！　ミラジュ学院アンナ選手とルクス学院リリィ選手の試合……開始です！」

そして、決戦を告げる合図が場内に響き渡った。

〝　〟

開始の合図の直後、ほぼ同時に武器を抜いた二人の初太刀が舞台の中央で衝突した。

速さはほぼ同じ。しかし、剣の質は真逆。

石板の表面を破砕するほどの強い踏み込みから斜めに斬り下ろしたアンナ。

一見緩やかに見える流れるような足さばきから斜めに斬り上げるリリィ。

強大な魔力が込められた斬撃の衝突が強い衝撃波を生み、舞台の周りを覆っている魔法障壁が激しく震えた。

二つの渾身の力を込めた一撃。反動で互いに開始地点よりも後方へと弾かれるように後ずさる。

共に一瞬で体勢を立て直すと中央へと向かって跳び、再び剣と剣を打ち合わせる。

一撃一撃に燃え盛る炎のような情念が込められた重さがあるアンナの剛の剣。

流れる水のようにあらゆる一撃を受け流し常に反撃の機会を窺うリリィの柔の剣。

質は全く異なる二人の剣の実力は現時点ではほぼ互角であった。

互角ということはすなわち、先に一撃をもらってしまえばそれは敗北に直結する。それを本能的に理解している二人は有効打を紙一重のところで避け続ける。

数千人にも及ぶ観客たちの目に映るのは、もはやその髪の色による残像だけ。目にも留まらぬ速さで斬り結ぶ二人の姿はまるで、赤と金のドレスを纏った貴婦人による優雅な舞踊のように人々を魅了する。

来賓席にいる一部の貴族ですら立場を忘れて、下等な存在であるはずの二人の剣技に見惚れていた。

そんな中で、特に異質な目を二人へと向けている者がいた。

この大会にその名を冠する男、フェルド・ヴィルグネス。

彼は悔しそうに歯ぎしりしているアリウスの隣で、他の誰よりも深く食い入るような視線で二人の戦いを見つめていた。

様々な感情が込められた視線を向けられる中、二人の剣戟は更に苛烈さを増していく。

「強いな！　君は！」

剣戟の最中、アンナがリリィへと語りかける。その胸中には目の前の戦い以外の雑念は消え去っていた。

初めて出会う同年代の好敵手の存在はアンナに急速な成長を促す。一合、また一合と打ち合いが行われる度にその剣閃の速度は加速度的に増していく。

「君のような者もいるとは！　ここまで来た甲斐があるというものだっ！」

今はただ目の前の相手に勝利したい。純粋な一心を原動力にアンナは更に強く激しく剣をふるい続ける。

対するリリィはまともに受ければ腕ごと持っていかれそうになる苛烈な一撃を、まるで流水の如き剣技でいなし続ける。

その胸中にあるのはこの三ヶ月で更に熟成されて膨れ上がったフレイへの想いだけ。

目の前にいる赤髪の女は、彼へと繋がる道を塞ぐ障害物程度にしか認識していない。

「先生！　今！　貴方のもとにっ!!」

勝てばフレイが今どこで何をしているのか分かるかもしれない。

それだけだったはずの話は彼女が内に秘めた狂気によって、いつの間にか『勝てばフレイに会える。よくやったと言って抱きしめてもらえる。そして、額にキスをしてもらえる』という話にまで脳内で昇華されてしまっていた。

そんなことは当然知る由もなく、フレイは二人の戦いを真剣な眼差しで見守っている。

アンナの横薙ぎの一閃をリリィが身を屈めて避ける。

一拍遅れて動いた彼女の長い髪の先端を切り落とし、金色の髪がはらはらと宙を舞い散る。

それを気にすることもなく放たれたリリィの返しの一太刀。

地を這う軌道から縦に振り上げられた剣閃をアンナは身体を反らして避けるが、刃の先端が頬を掠め、白い肌に一筋の血が流れる。

赤と金。剛と柔。そして……純と不純。

目的のために精神が肉体を凌駕した二人の戦いは、時間が経つにつれても衰えることなく、更に激しさを増していく。

開始から十分ほどの時間が経過しても、二人の戦いから目を離す者は誰もいなかった。観客たちは皆、決着の瞬間を決して見逃さないようにと瞬きすらも忘れて凝視している。

数分後、均衡が破られる時はあっさりと訪れた。

しかし、それは観客たちが期待していた光景ではなかった。

リリィの狂気がアンナの勝利への渇望を僅かに上回った。舞台上で、金が赤を飲み込み始める。

最初はほんの僅かだった差は次第に誰の目から見ても分かるほどの明確な差へと広がっていく。

「くっ……！　まだまだぁッ！」

自身を奮起させるべく、アンナが咆哮する。

それでも一度奪われた主導権を取り返すには至らない。狂気を纏った剣によって残存の勢いも削がれていく。

リリィの剣閃がこれまでは届いていなかったアンナの身体を捉え始める。赤い衣服は瞬く間にボロボロになり、身体にはいくつもの切り傷が刻まれていく。

観客の目にも平民の希望であった赤の少女が勢いを喪失していく様が分かり、徐々に悲観的な声も上がり始める。

そして――

カランカランと無慈悲な音を立てながら、長剣が石畳の上へと落ちた。

「くっ……これほどか……」

舞台の端で片膝をつくアンナ、その手には何も握られていない。

「終わりです。先生を返してください。私の先生を……私に……」

アンナの側へと近寄ったリリィが見下ろしながら頭に剣を突きつける。

「ははっ……イカれてるな……その想いも……強さも……。この試合は私の完敗だ……」

「貴方の話はどうでもいいので早く先生の居場所を教えてください。先生はどこにいるんですか？」

リリィはその剣先を更に突きつけて、アンナへと問いかける。

勝敗は決してしまった。

その光景を前にした観客たちの誰もがそう思った時、アンナがゆっくりと口を開いた。

「だがな……勝負はこれからだ！　まさか、ただの人間相手にこれを使うことになるとはなっ！」

直後、場内に満ちている魔素がアンナの右手へと向かって一気に流れ込み始める。

猛烈な奔流が舞台を取り囲む魔法障壁を破壊する。奔流の中心にいるアンナから生まれた熱波が観客席をも包み込んでいく。

「くっ……！　無駄な足掻きを！」

近くにいるだけで燃えそうになる魔力の奔流を受けて、リリィが大きく距離を取る。

膝をついていたアンナがゆっくりと立ち上がる。ボロボロになった身体にはまだ魔素が流れ込み続けている。

「無駄かどうかは……身を以て確かめてみるんだな！」

アンナが持つ心的形象によって取り込まれた魔素に属性が付与されていく。

そして、全ての魔素が彼女の右手の内で収斂され、形を成していく。

それは周囲の空気を燃やし尽くし、岩石で出来た舞台をも溶かす業火の剣。

最後の切り札を構えて、アンナは再び好敵手と認めた者と向かい合う。

対するリリィも目の前にいる赤髪の女を一人の敵として、自分の愛を妨げる最後の障壁であると認めて向き合う。

魔力の奔流に襲われた会場では混乱の渦が巻き起こり、我先にと逃げ惑う者たちでごった返していた。

アンナが握る剣は試合では禁止されているはずの攻撃魔法。

だが今やそれを止めるはずの審判すらも逃げ出している。二人の戦いを止める者はいない。

「か、かかか！　閣下！　あ、あちらからお逃げください！　な、ななな、何が起こってるんだ⁉」

アリウスが真っ先にフェルドを安全な場所へと誘導しようとする。

しかし、フェルドはその顔に醜悪な薄笑いを浮かべながら舞台上の二人を凝視している。

その笑みが意味しているのは、在野に埋もれていた若き才能をいち早く見つけられた幸運に対する歓喜であった。

「か、閣下⁉　は、ははは、早くお逃げください！」

「う、うむ……そうだな……」

どんな手を使ってでもこの二人を手中に収めてやる。フェルドはそう考えながらアリウスに先導されて、会場の外へと退避していった。

そうして瞬く間に会場からは人が消え、三人だけが残された。

その内の二人。アンナとリリィは近づく決着を予感しながら、激しい戦いの末にボロボロになった舞台の対角線上で向かい合う。

もう一人。フレイは既にこの戦いの勝者がどちらになるのかは分かっていた。分かった上で最後まで見届けることに意味があると考え、ただじっと二人の戦いを見守っている。

「いくぞっ！　竜神の剣を受けてみるがいい！」

「来なさい！　この泥棒猫！」

炎の剣を構えたアンナが地面を蹴ってリリィへと飛びかかる。強い踏み込みで砕かれた石板の破片が剣に触れ、一瞬で蒸発する。

「はぁあああアアアッ!!」

アンナが最上段から真っ直ぐに振り下ろす。リリィはそれを真横にした剣で受け止めた。二人の剣が十字の形で交錯する。

高密度の炎そのものであるアンナの剣が、受け止めたリリィの剣を防護魔法ごと溶かしていく。それは本来であれば、防御することも敵わない必殺の剣――のはずだった。

「だから、言いましたよね……無駄だって……」

炎の剣が溶けかけているリリィの剣を通して、その体内へと吸収されていく。

「なっ!?　何を!?」

消失していく自らの切り札を見て、アンナが驚嘆の声を上げる。

リリィ・ハーシェルはルクス学院の歴史において、最高峰の天才であると誰もが口を揃えて言う。剣の腕においても、魔法の腕においても、比肩しうる者は同年代には誰一人としていない天才。もし高貴な生まれであれば、次代の『勇者』として扱われたであろうと。

しかし、彼女が持つ本当の天賦の才を知っているものはほとんどいない。

それはフレイだけが知っている彼女が持つ唯一無二の特性。

他者によって構築された魔法を大気中にある無属性の魔素と同じように認識し、自分のものとして取り込める能力。

それこそが彼女が天から授かった才能だった。


アンナが握る炎の剣が吸収され、それと全く同じものがリリィの左手に発現されていく。

「先生……今、私が迎えに行きますから……」

「ははっ……本当にイカれてる……」

ありえない出来事を目の当たりにしたアンナが乾いた笑いを漏らす。

直後、リリィが炎の剣を振り上げた。それが生んだ奔流に為す術もなく、アンナは後方へと吹き飛ばされた。

そして、その身体がボロ布のように宙を舞い、そのまま場外の地面へと叩きつけられようとした瞬間――

「よっ……！　危ない危ない……」

落下地点に滑り込んできたフレイがその身体を抱き止めた。

「フレ……い……？」

途切れそうな意識を辛うじて繋いでいるアンナがフレイへと向かって力なく呟く。

「ギリギリまで無茶をさせて悪かったな」

「負けて……しまった……」

「でもよく戦った。おつかれ、後のことは任せろ」

「誰ですか貴方は！　邪魔をしないでください！　私はそれに聞くこ……と……、え？　まさか……」

アンナから情報を聞き出そうと場外まで追ってきたリリィとフレイの視線が交錯する。

変装したフレイに普段の面影は全くないにも拘らず、リリィはその姿を見て言葉を詰まらせた。

一方でフレイも元教え子の姿を間近で見て、また一段と強くなったなと声をかけたい衝動を抱く。

だが、全てを有耶無耶にして逃げる好機である今を逃すことはできないと考えて苦汁を飲んで無言を貫いた。

そして、傷ついたアンナの身体を背負って会場の外へと向かって走り出した。

「ま、待ってください！」

リリィがその背中を追いかけようとする。しかし、アンナとの戦闘で大きく消耗した身体は既に限界を超えていた。

駆け出そうとした足がもつれて、リリィはその場に前のめりに倒れた。

「先生！　待ってください！　先生！」

倒れながらも愛する人の背中へと向かって手を伸ばし続けるリリィ。

それでも彼女の想いは届くことなく、その背中はすぐにどこかへと消えていった。

“　”

「待てぃ！　貴様ら！」

フレイたちが会場の出口に到達しようとした時、彼の行く手を阻むように一人の男が現れた。

「この不埒者ども！　閣下の閣下による閣下のための神聖な大会をめちゃくちゃにしておいて、一体どこに行こうとしているのかね!?」

派手な金髪をなびかせながら現れたアリウスが二人へと向かってキザな所作と共に剣を突きつける。

「はぁ……お前って本当に空気が読めないな……」

「お、お前？　貴様のような怪しい輩にそう呼ばれる故はない！　大人しく成敗されろ！」

その顔に若干の汗を浮かべるアリウスの心中にあるのは名誉挽回の四文字。

ここで大会を台無しにした二人を捕らえれば、マイアの担当教官としての失態を返上することができるかもしれない。そう考えて二人の前に立ちはだかった。

「怪我したくないなら、さっさと退いたほうが身のためだぞ？」

「……ん？　その声……、いや気のせいか……奴がこんなところにいるわけがないからな……とにかくだ！　大会をめちゃくちゃにしてくれた報いを！　その身体に受けさせてやろうではないか！」

「はぁ……無駄な手間かけさせやがって……。アンナ、少し待っててくれ」

フレイがアンナの身体を降ろして、近くにあった壁にもたれさせる。

「行くぞ！　慮外者め！」

アリウスが堂に入った構えから、フレイへと向かって飛びかかる。

その剣から放たれるのは教え子兼婚約者と同じ、風の魔力を纏わせた高速の一閃。

「……遅い」

フレイは悠然とその剣閃をくぐり抜け、懐に潜り込んだ。

「それに馬鹿の一つ覚えだ。一応は教師なら、もう少し新しいことも考えろ」

「こ、この動きはっ！　ぐはぁっ！」

アリウスの腹部に掌底が突き刺さった。

その一撃によって、準決勝での弟子と同じように身に纏った魔法の制御を失う。

「ぬがっ！　ぶべっ！　あぶしっ！」

アリウスは暴走した風の魔力によって何度も地面を跳ねながらどこかへと吹き飛んでいった。

「よっ……っと、少し待たせたな」

邪魔者を軽くあしらったフレイが再びアンナの身体を背負う。そして、また会場の外へと向かって走り出した。

闘技場で何かが起こったらしいと混乱状態の街中を容易に抜け、二人は乗ってきた飛竜の待機場所へと到着した。

「フレイ……」

飛竜の背に仰向けに寝かされ、目を腕で覆っているアンナが力なく呟く。

「……どうした？　どこか痛むのか？」

「私は……私は……」

感情の篭もった震える声でゆっくりと言葉を紡いでいくアンナ。

「……悔しい」

「それが言えるなら、お前は大丈夫だ」

短くはっきりと自分の感情を口にしたアンナに対してフレイが応える。

そのまま二人はそれぞれが得たものを胸に、魔族の領域へと帰っていった。

四章

――人間界から魔族界へと帰還した日の翌朝。

俺は決勝前にした約束を行使するためにアンナの部屋を訪れた。

扉をノックすると、すぐにアンナが部屋の中から出てくる。向こうからは何も言ってこずに、ただ生気の抜けたような顔でじっと佇んでいる。

あれから眠ることができなかったのか、目の下には隈が浮かび、目は赤く充血している。

「おはよう、怪我はもう大丈夫か？」

「……私たちの種であれば、あのくらいなら一晩で治る」

伏し目がちにそう呟いた顔からは確かにあの時の傷は綺麗サッパリと消えている。それなら今日から始めても問題なさそうだ。

「そうか、それなら良かった。それじゃあ行くとするか」

「行く？　どこへだ？　私はもう……」

とぼけているような様子ではなく、本気で忘れてしまっているような反応を見せるアンナ。

「何言ってんだ？　約束したろ？」

「約束？　一体何のことだ？」

「賭けだよ。賭け。決勝前に俺としただろ？」

「賭け……？　あ、ああ……そうだったな……すっかり忘れていた」

やはり決勝戦前のことは忘れてしまっていたようだが、生憎俺はそれでなかったことにしてやるほど優しくはない。何より、あの男との約束の期限はそう長く残っていない。

「それで、私は何をやればいいんだ……？」

「それは着いてからのお楽しみってやつだ。とにかく行くぞ」

大きく消沈しているアンナを半ば引きずるように屋敷の廊下を歩いていく。

途中でリノと出会い、『朝から珍しい組み合わせですねー』と茶々を入れられたりもしながら、毎朝恒例の場所へとアンナを連れてくることに成功した。

そして、事前に集めておいた四人の妹たちの前にアンナを引っ張り出す。

「……これは、どういうことだ？」

自分の妹たちを前にして、アンナは俺へと当惑の表情を向けてくる。

「何、簡単な話だ。今日から二週間、お前にこいつらの面倒を見てもらう。俺の代わりにな」

「なっ⁉　私が⁉」

驚愕するアンナ。そんな反応からも、俺がやろうとしていることは間違っていないのだと分かった。

「ああ、そうだ。俺との賭けに負けただろ？　まさか、負けた時はどうなるか知らなかったから無効だ！　なんて言わないよな？」

もちろん何を言われても取り下げるつもりはない。この試練を通らずしてアンナが先に進むことはできないからな。

「それは……そうだが……」

「決まりだな。これから二週間、責任を持って頼むぞ」

「あれ？　フレイは一緒にやってくんないの？」

まだ納得いっていない様子のアンナの肩をポンと叩いてから屋敷のほうへと戻ろうとすると、サンが尋ねてきた。

「俺は久しぶりの長期休暇だ。ここしばらくは休みもなくてクタクタだったからな。お前たちは試験が終わったからって気を抜かずに、アンナの言うことをしっかり聞いてサボらずにやるんだぞ」

「えー……フレイがいないならあたしもやる気出ないんだけどー……」

「さ、サンちゃん……あんまりそういうことは……」

アンナの方を一瞥して露骨に不満そうにするサン。

合格した自分がなんで不合格だったアンナから指導を受けないといけないんだ、と思っているのがはっきりと分かる。

逆に妹から舐めたような態度を取られたアンナは、不服そうにムっと顔をしかめた。

「それなら……そうだな……。よし、アンナと手合わせしてみろ」

「え？　あたしがアンナ姉と？」

「そうだ。それでお前が勝てば、俺がいない間は好きにすればいい。サボろうが、一人で訓練しようがな」

「ほんとに!?　そういうことならやってもいいよ！」

乗り気になったサンがその場ですぐに準備運動を始める。今の自分ならアンナに負けることはないと思っていそうだ。

「アンナもいいか？」

「あ……ああ……別に構わないが……」

一方のアンナはまだ状況についていけてないのか、若干困惑気味に答える。

それでも準備を終えると、いつもは俺がそうしていたようにアンナがサンと向かい合う。

この二人がこうして朝練の場に揃っているというだけで、やり遂げたような感情を少し抱いてしまう。

それでも満足するのは早い、真に目指すべき場所はまだまだ先にある。

「じゃあ、審判はいつも通りイスナが頼まれてくれるか？」

「え、ええ……構わないけど……」

サンと違って言葉にこそしていないが、イスナも複雑そうな感情を抱いているのが分かる。

それでも俺の言うことならと引き受けてくれたイスナの合図によって二人の模擬戦が開始された。

五分後――

「ふぅ……」

「はぁ……はぁ……きつ……アンナ姉……つよ……」

そこには息を少し荒げながらも立って汗を拭っているアンナの姿と、息も絶え絶えになり両腕両足を大きく広げて地べたに寝転んでいるサンの姿があった。

「よし、それじゃあアンナの言うことをしっかり聞くってことで良いな？」

寝転んでいるサンに向かってそう告げると、一応は小さく頷いてくれた。

格闘戦なのでどうなるかと少しだけ心配だったが、アンナの実力はまだサンより明確に上だ。これでサンも多少は態度を改めて師事してくれるだろう。

「じゃあ、頼んだぞ」

そう言って、五人に背を向けて屋敷のほうへと戻る。

「えっと……アンナ姉さん、それで何からすればいいんでしょうか？」

「う、うむ……なら、まずは——」

フィーアからの質問を受けたアンナが顎に手を当てて考え込む。

俺にできるのはここまでだ。後は本人が自分の役目に気づくことができるかどうか……。

そのまま自室に戻った振りをして、五人が訓練している光景を屋敷の上階からひっそりと眺める。

任せるとは言ったし、口を出すつもりは一切ない。それでもやっぱり気になるのは仕方がない。

何をすればいいのか悩んだ末に、アンナは四人の姉妹を引き連れながら黙々と外周を走り始めた。

先頭を行くアンナの真後ろには模擬戦で負けたサンが渋々と追従している。それから少し離れてイスナが若干不満げながらも今のところは大人しく走っている。更に離れて、既にヘトヘトになりながらなんとかついていっているフィーアとフェムの姿が見える。

何をすればいいのか分からなかったので、とりあえず自分がいつもやっていることを選んだということだろう。

まずは基礎体力からという考え方は自体は悪くないが、消極的な選択にも見えてしまう。

その後もアンナは昼食の時間が来るまで、四人を引き連れて外周をただひたすら周回し続けた。

「あ……アンナ姉……いつもこんなに走ってるの……？」

ひぃひぃと息を荒げて地面にへたり込んでいるサンがアンナを見上げながら尋ねた。

「いや、今日はお前たちがいるから少し軽めにしたんだが……きつかったか……？」

アンナは言葉通りにまだ余裕のありそうな感じで額の汗を拭いている。

「え……えっと……このくらいでちょうどいいんじゃないかな……うん。あたしもまだいけるし……」

対するサンは明らかに強がっている。

その視線には若干、長女を敬うような雰囲気が生まれ始めて……いたら嬉しいが、どうだろうか……。まだ、流石にそこまではいってないか……。

「合格には、まだまだ遠いな……」

独り言ちながら他の子たちの様子を見る。

結局、アンナに最後までついていけたのはサンだけだった。

フィーアとフェムは半分もいかない内に音を上げて、イスナは途中で自ら切り上げるような形で抜けていった。

それに対して、アンナは特に何もせずに黙っていた。これではしっかりと面倒を見ているとは言い難い。

まだ始まったばかりとはいえ、ここから『お姉ちゃん』になるための道程はまだ長そうだ。

「よう、今朝はどうだった？」

昼食後、他に誰もいなくなった食事部屋でアンナに今朝の感想を尋ねる。

「どうだと言われてもな……」

片付けられた机を挟んで向かい側でアンナは腕を組んで視線を少し伏せながら考え込んでいる。

約束だから従ってはいるが、まだ当惑の感情が強いといった様子だ。

「やはり、慣れないというか……どうすれば良いのか分からないというべきか……」

「なるほどな……」

今までの振る舞いからも、これまでは妹の世話なんてしたこともなければ、考えたこともなかったのがよく分かる。

それが嫌っているからというわけではなく、無関心に拠るものだということも。

「向こうも私に師事するようなことは望んでいないだろう。フレイ、やはり……」

「いやいや、そんなことないぞ。むしろその反対だ」

やはり自分には荷が重い。約束は何か他のことで果たさせてくれないかとか何とか言い出しそうだったアンナの言葉を遮る。

「どういう意味だ？」

「そのままの意味だ。あいつらはお前に師事したくないなんて思ってないってことだよ」

「そんなわけが……私はこれまで……」

「おいおい……いつもの自信はどこに行ったんだ？」

確かに、一度立ち止まって考えてもらうために悔しい思いをしてもらったが、ここまで別人のようになるとは思わなかった。

仕方ない……ここらであの話をしてやるしかなさそうだ……。

「例えばだな……フェムはずっとお前に憧れてたんだぞ？　お前みたいにかっこよくなりたいって言ってな」

フェムへの指導をした帰り道。あの夜の森でのことを思い出す。

洗練された剣技を披露するアンナを見つめていたフェムの双眸にあったのは間違いなく強い憧れの感情だった。

「フェムが……？」

「ああ、そうだ。今のフェムがあるのは、お前っていう目標があったからって言っても過言じゃないぞ」

アンナという明確な目標があったからこそ、俺もフェムがなりたい自分へと導くことができた。

「サンだって、フィーアだって言ってたぞ。姉妹の中で一番強くて父親に近いのはお前だってな。イスナだって、口にこそしないがお前のことは認めてる」

アンナは黙ったまま、目線を下げたままじっと俺の言葉に耳を傾けている。

「でも、そうだな……苦労してるお前に一つだけ、俺から助言だ」

「助言……？」

「いいか？　ただ漠然と四人全員と向き合うな。一人ずつで良いから、その個性をしっかりと理解してやるんだ。そうすれば、何を教えればいいかなんてすぐに分かる」

俺から助言できるのはこれが限界だ。後は本人に気づいてもらわなければいけない。

「一人ずつ……」

「そうだ。じゃあ、頑張れよ。俺は二週間、ゆっくりと休暇を過ごさせてもらうからな」

椅子から立ち上がり、顎に手を当てて何かを考え込んでいるアンナを置いて退室する。

それからも休暇と言いつつ、バレないように上階からアンナの奮闘を見守り続けた。

二日目、三日目はほとんど初日と変わらず、あまりにも不器用過ぎる長女にただ心労が募る一方だった。

しかし、四日目に事態は急に動いた。サンが再びアンナへと戦いを挑んだのだ。

なぜそうなったのか理由は分からない。今度は勝てると思ったのだろうか、それともまた別の理由なのか。

とにかく、初日と全く同じように二人は拳を構えて向かい合っている。

前回は審判を務めたイスナは、我関せずといった様子で椅子に座っている。だが、その目線は手にした本のほうではなく、二人のほうへと向けられている。

フェムとフィーアは二人がまた戦おうとしていることに気づかず、疲れ果てて仲良く木にもたれかかっている。

誰の合図もないまま、二度目となる二人の戦いが始まった。

そして数分後、そこには前回と全く同じ光景が生まれていた。二人の間にある実力差は一日二日で埋められるようなものではなかったので当然の結果だ。

両手両足を広げて仰向けに倒れていたサンが上半身を起こす。

これはまた不貞腐れそうだと考えた直後、サンは意外に落ち着いた雰囲気でアンナと話し始めた。

ここからでは口の動きが見える程度で会話の内容は分からないが、悪くない雰囲気は伝わってくる。

それからアンナがサンの側へと寄り、身振り手振りを交えて何かを教え始めた。それを受けてサンは立ち上がると、アンナの行った動作を真似し始める。

言葉は聞こえなくとも、二人の間でどんなやり取りが行われているのかが分かる。その姿はまさに、武術に関する助言を俺に聞きに来る時のサンの姿だった。

その後も、少したどたどしくもアンナはサンに丁寧に武術の指導を行い続けた。

結果として、日が暮れる頃にはアンナにすっかりと懐いたサンの姿がそこにはあった。

サンはまるで新しい飼い主を見つけた犬のようにアンナの後ろにべったりとくっついている。対してアンナはまだ戸惑い気味だが、満更でもなさそうにも見える。

その光景に、そう言えば俺に最初に心を許してくれたのもサンだったなと少し懐かしさを覚えた。

続く翌日、アンナの行動にまた変化があった。

ランニング中にフィーアとフェムが真っ先に脱落するという光景はいつも通り。

ところが今日のアンナは二人のもとへと駆け寄り、何か声をかけ始めたのだ。

屈んだ状態で二人と目線を合わせて喋り続けるアンナ。声を掛けられた二人は普段は疎遠だった長女の突然の行動に少し戸惑いつつも、何度か言葉を交わしている。

会話が終わると、フィーアとフェムは互いに顔を突き合わせて頷いた。

そして、立ち上がるとアンナに追走するように再び広場の外周を走り始めた。

アンナは二人のペースを合わせて走っている。それだけでなく、時折後ろを振り向いて励ましの言葉をかけている。

いつもの倍以上の長い時間をかけながらも二人は完走を成し遂げた。

疲労困憊ながらも、やり遂げたような表情で地面にへたり込んでいるフィーアとフェム。

アンナは二人の頭をポンポンと軽く撫でたかと思えば、すぐに照れて背を向けた。ぎこちなくも姉として妹たちに接してみようと努力しているのが伝わってくる。

それから毎日、アンナは俺の助言を以て妹たちと向き合った。

一人一人の個性と向き合い。各々にあった訓練を提案し、上手くできた時は褒める。上手くいかなかった時は激励し、時には叱責することもあった。

日が経つ毎にぎこちなさは消え、その振る舞いは自然な姉のものになっていった。

“ ”

アンナとの約束の期限が翌日に迫った日の夕方。

「よう、今日もご苦労さん」

夕日によって朱色に染まった広場。

備えられた長椅子に座って黄昏れていたアンナへと近寄り労いの言葉をかける。

「ああ……誰かと思えばフレイか……」

アンナが近寄ってきた俺に気づいた。

夕日に照らされるその顔は、心なしか普段よりも穏やかに見える。

「いよいよ明日で終わりだな。ここまでやってきた感想はどうだ？」

「感想か……そうだな……」

アンナが再び広場へと視線を戻す。

「誰かの面倒を見るというのが、ここまで大変なことだとは思わなかったな……」

そして、そこであった初めて姉とした過ごした日々のことを追想するかのように呟いた。

「俺の苦労が少しは分かってくれたか？」

「ははっ、そうだな。本当に大変なものだ……」

「大変なだけだったか？」

「いや……確かに大変だったが、存外悪いものでもなかった。誰かにこうして慕われ……その成長を共に喜べるというのも……」

「おっ、それが分かるってことは教育係の才能がありそうだな。どうだ？　俺の代わりにこのまま続けてみるか？」

冗談めかして尋ねるが、才能があると思ったのは本当だ。

この役割の醍醐味を早くも理解したというだけではない。昨日今日と妹たちの面倒を見ているアンナの姿はかなり様になっていた。

その姿を思い返すと、改めて魔王が課した試験の真意が理解できる。

あの試験はつまるところアンナが長女として妹たちを引っ張っていけるかどうかの気概を試したのだ。

もっと簡単に言えば、アンナに『お姉ちゃん』になって欲しかったというわけだ。

それは簡単なように思えて意外と難しい。特に押し付けられた形ではなく、自然にそうなってもらうのは。

だから俺はアンナの目を一度、遠くにある目標から逸らす必要があると考えた。一度立ち止まり、もっと身近な物事に目を向けてもらおうと。

全力で戦った末の敗北など、そのために用いた作戦は今思えば少々手荒だったかもしれない。

それでも、あのまま魔王から不合格を言い渡されてアンナが終わりを迎えるよりは遥かに良かったはずだ。

「確かに、それも悪くはないかもしれないな。思えば私は、妹たちのことを何も知らなすぎた……いや、それどころか一つしかない席を争う敵であるとさえ考えていた節がある。でも違ったんだな……共に歩んで共に成長できる……そういう間柄だったんだ……私たちは……」

まるで憑き物が落ちたかのようなすっきりとした顔でアンナが更に続ける。

「今なら父上が私に何を求めていたのかもよく分かる……まあ、もう今更気づいても遅いがな……」

自嘲気味に笑うアンナの顔には僅かな後悔の色が浮かんでいる。

しかし、それと一緒に新たな未来を見つけたような希望の色があるのもはっきりと分かる。

「なあ、フレイ……」

「ん？　どうした？」

「よければ……私に教育者としての在り方を教えてくれないか？　父上の後を継ぐという道が絶たれたからというわけではなく、純粋に……その道も悪くないと思ったんだ……」

少し照れながらも、俺を見据えるアンナの目にはその言葉に嘘がないことを示している。

個人的にはこのまま助手として働いてもらうのも悪くないが、そういうわけにもいかない。この子にはまだやるべきことが残っている。

「まあ、それは別に構わないが……。まずは二日後に向けて頑張らないとな」

「二日後？　約束は明日まででではないのか？　いや、延びる分には構わないが……」

今度は不可解そうな表情を見せるアンナ。

それが少し可笑しかったので、もう少し引っ張ろうかと思ってしまうが流石に可哀想なのでネタバラシしてやろう。

「そうじゃなくて、二日後にお前の再試験があるってことだよ」

「え……？　再……試験……？　だって……私は負け……」

予想外の言葉だったのか、アンナは文字通り目を丸くしている。

自分は全力を尽くした上でリリィに負けた。だから試験の機会は二度と得られないと思っていたらしい。

「ん？　俺は一言でも負けたら再試験はなしだなんて言ったか？」

俺との賭けに勝てば合格扱いにしてやるとは言った。でも武術大会での勝敗で再試験が決まるだなんて言った覚えはない。

「でも……父上は……」

「大丈夫だ。ちゃんとお前の親父も納得した上での再試験だ。安心しろ」

あの親父との本当の約束。

それは同年代の好敵手との全力の戦いを通して、アンナを内面的に成長させることだった。

優勝すれば合格というのは、俺の命という条件付きで呑んでもらったアンナの士気を高めるための餌に過ぎない。

そして、人間界から帰って来てからのアンナの振る舞いはロゼを通じて逐一報告させてもらっている。その上で以前のアンナとは違うと判断されて再試験が認められた。

当初言ってた通り、もう一度失敗すれば俺のクビは飛ぶらしいが何も心配はしていない。

今のアンナならあのクソ親父に対して、立派に長女の気概を示してくれることだろう。

「本当なのか……？」

「ああ、本当だ。だから次はしっかりやるんだぞ。お姉ちゃん」

涙が溢れないように腕で押さえるアンナの頭をポンポンと軽く叩くように撫でてやる。

頭の下から小さな嗚咽混じりの泣き声が聞こえてくる。今日だけは長女の名誉のために、それは聞かなかったことにしておいてやろう。

"

「よーし！　今日は気合を入れてやるぞ！」

今日はアンナが俺の代理を務める最終日。広場に集まった五人全員に向かって声を張り上げて宣言する。

「あれ、フレイは休むんじゃなかったの？」

「いや、休暇は昨日までにした。あんまり休みすぎると身体が鈍るからな」

「ふーん……」

ここに来て俺も協力することにしたのは、もちろんアンナが明日再試験に挑むからというのが大きな理由だ。

別にあっという間に妹たちに懐かれていくアンナに嫉妬したわけじゃない。そろそろ存在感を示さないと全部持っていかれるんじゃないかと思ったわけでは断じてない。

「それにしても……ようやくって感じだな……」

この場に五人全員が揃っている光景を眺めて、感慨深い思いが胸中に湧いてくる。

「ようやく？」

最後の最後に一番手間をかけさせてくれた長女が首を傾げている。

「いや何でもない。それより今日はビシバシいくからな？　覚悟しとけよ？」

これは一つの到達点ではあるが、一つのスタート地点でしかないと自戒して皆にそう告げる。

「ああ、望むところだ！」

昨日泣いていた名残を目に残しているアンナが気合の入った声で応じてくれる。

「んじゃ、今日はあたしもアンナ姉にはビシバシいかせてもらおうかな。この二週間で本当に色んな意味でお世話になったしね。にゃはは」

「私も……お返し……」

一歩前に進み出て、アンナへの支援を申し出るサンとフェム。

明日の試験に備えて今日一日でできることはそう多くはない。それでも今のアンナにとっては妹たちからの応援が何よりの力になることだろう。

「わ、私もお手伝いさせていただきます！」

フィーアも二人に負けじと一歩前に出て声を張り上げる。

「……そうだな。フィーアは後ろから声援でも送ってやってくれ」

流石にフィーアが戦闘訓練に混ざるとそっちの心配のほうが大きくなってしまう。

「はい！　精一杯頑張ります！」

フィーアの返事の後、皆の視線は自然とまだ意志を表明していない最後の一人へと集まる。

結局、イスナだけはアンナと打ち解けたところを見ることは叶わなかった。

この二週間、イスナは俺と同じようにアンナの様子を遠くから眺めていたが、自分から関わりに行こうとすることは一度もなかった。

もし俺が一言仲良くしろと言えばイスナは従ってくれるだろうが、それでは何の意味もない。

「……私は別に用事があるの」

それでも最終日くらいはという期待もあっさりと打ち砕かれる。

「用事？　でもロゼからは何も聞かされてないぞ？」

いつもなら用事がある時は本人か、もしくはロゼから前もって聞かされるはずだ。

「ええ、ちょっと急用が入ったのよ」

「急用か……それなら仕方ないな……」

そう言いながら、その目を見て真意を探る。

アンナの手伝いをしたくないから嘘をついているとは思いたくはない。それでも、ここに来て用事というのは流石に唐突すぎる気もする。

嘘をついているようには見えないが、夢魔であれば感情を隠すことはお手の物だろう。

「ごめんなさいね。それじゃ」

イスナはそう言うとすぐに若干早歩きで屋敷のほうへと戻っていった。

「イスナ姉がフレイから離れるなんて珍しい……ここしばらくはまともに会えなくて悶えてたのに……」

サンが訝しげにしている隣で、アンナはイスナの背中を少し複雑な表情で見送っている。

「まあ、そういう時もあるだろう。それじゃあ早速やるぞ！」

せっかく五人全員が揃ったと思ったので残念だったが深く追求しすぎても仕方がない。

他の三人とは打ち解けてくれたんだ。いずれはイスナとのわだかまりも解けていくことを期待するしかない。

そう考えながら、アンナの試験へと向けた訓練を始める。

＊

訓練を始めてからおおよそ四時間後、太陽がちょうど頂点へと到達しそうな時間帯。

俺の目の前には全身を汗でびっしょりを濡らして息を切らすアンナの姿があった。

「はぁ……はぁ……これほどに強かったのか……フレイは……」

地面に座り込み、呼吸で胸を大きく上下させながらアンナが呟く。

「まあ、これでもお前に勝ったあの子の師匠だからな」

「本当に……もっと早く教えを乞うべきだったな……」

「そうかもな。でも、まだ遅くもないさ。合格さえすれば時間はいくらでもあるんだからな」

「でも、ほんっとに容赦なさすぎ……アンナ姉と二対一なのに全然敵わないって……」

「サンちゃん……大丈夫……？」

「お水、飲む……？」

いつものように両手両足を広げて仰向けに倒れているサン。フィーアとフェムはその姿を心配そうに眺めている。

「さて……そろそろ昼食だし、一旦休憩にするか」

「うわ……もうそんな時間になってたの……？　どーりでお腹減ったと思ったー……」

そう言いながらお腹を押さえているサンを見ていると、屋敷のほうから誰かが近づいてくる気配がした。

その方向へと視線を移すと、イスナとロゼが俺たちのほうへと向かって歩いて来ている。二人の手には何か籠のような物が握られている。

「イスナ？　どうした、用事があるんじゃなかったのか？」

「その用事が終わったから持ってきてあげたのよ」

イスナが手提げの籠を俺たちへと向かって掲げる。

「ん……？　何か良い匂いがする……？」

サンが鼻を鳴らしながら言ったのに少し遅れて、俺の鼻にも食欲を唆る匂いが漂ってくる。

それがイスナたちの手に下げられた籠から漏れ出てきていることがすぐに分かった。

「ほら、これ。どうせ昼からもやるんでしょ？　だったら、その場で食べられるほうがいいと思って作ってきてあげたのよ」

イスナが俺に向かって差し出したのは、パンに様々な具材を挟んで作られた軽食。籠の中には、それが所狭しと大量に詰め込まれていた。

「全く……素直じゃないな、お前は……」

つまりはイスナの用事というのは、姉の訓練のために昼食を作ることだったというわけだ。それなら最初からそう言えばいいものを……。

「べ、別に素直とか素直じゃないとかじゃなくて！　戦闘訓練で私にできることなんてたかが知れてるから！　それならご飯でも作ってあげたほうがいいのかなって思っただけで……と、とにかく！　ほら、貴方たちも！　いっぱい作ってきたから食べなさい！」

照れを隠すようにテキパキと、イスナが妹たちにお手製の昼食を一つずつ手渡していく。

「……ほら、あんたの分も」

そして最後に、アンナへと向かってぶっきらぼうに差し出した。それに挟まれているのは食事の際、アンナがいつも最後に残していた好物だった。

「イスナ……」

「何よ、その目は……」

「いや、君にはまだまだ嫌われているのかと思っていた……」

「別に……今も好きかって言われたら微妙だし、昔から散々な目に遭わされたのは一生忘れないわよ」

姉の顔を見据えながら、イスナは言葉を濁すことなく率直に言う。過去に何があったのかは知らないが、その恨みは深いらしい。

「でも……最近のあんたは少しは反省して頑張ってるみたいだから、多少は協力してあげてもいいかなって思っただけ！　それだけ！　分かった!?　分かったならさっさと受け取って食べなさいよね！

一咀嚼ごとに私への感謝を忘れずによ！」

顔を真っ赤に紅潮させたイスナが、今度はその照れを隠すように早口で捲し立て始めた。

妹たちはあまりにも可笑しなそんな姉を見て、笑いが漏れないように必死で堪えている。

「あ、ああ……いただこう……」

次女の素直じゃない激励を受けたアンナが手を伸ばして差し出されたそれを受け取る。

「うむ、美味いな……ありがとう、イスナ」

一口齧ったアンナが薄い笑みを浮かべながらイスナへと向かって素直な感謝の言葉を口にした。

「アンナ姉が、ありがとう……だって……」

「はじめて……聞いた……」

「え、えーっと……流石にアンナ姉さんと言えども、そんなことは……ある……かもしれませんが……」

妹たちは皆、長女の口から出た率直なお礼の言葉に目を丸くして驚いている。

「し、失礼だな……私だってたまには礼くらい言うさ。それに感謝しろと言ったじゃないか」

「全然足りないわよ！　ダーリンとイチャイチャするのを我慢して作ってあげたんだから！　もっともっと感謝なさいよ！」

見ているだけで頬が緩んでしまう五人姉妹による団欒の光景。

「……どう思う？」

いつの間にか隣に立っていたロゼに、眼前の微笑ましい光景についての感想を求める。

「そうですね……やはり、貴方が最も適任でしたね」

「本当にそう思うか？」

「はい、最初からずっと思っていました」

「実は、俺もそうなんじゃないかと思い始めたところだ」

あの教室で初めて出会った時と比べて本当に大きく成長してくれた。

そして、今は俺がそれを成したという自負がある。たまにはこのくらい得意げにしてみせても誰も文句を言わないだろう。

ロゼからそれ以上の返事はない。

だが相変わらずの無表情が何故だか俺には嬉しそうに笑っているように見えた。

“ ”

転移魔法を使い、再試験のためにアンナとやってきたのはあの試験会場。

今回はそこに大観衆の姿はなく、他の姉妹たちの姿もない。

ただ魔王とアンナの母親の二人だけが広い会場の中央で俺たちを待っていたかのように佇んでいた。

「よう、待ちくたびれたぜ」

以前のざわめきが嘘のような静寂の中、俺たちの姿を視認した魔王が開口一番に言った。

俺と戦った時と同じように、大仰な服を脱ぎ捨て、その身体を包むのは戦いに臨むための軽装だけ。

部下たちがいないからなのか、それとも単にこの格好のほうが好みなのかは分からないが準備の良いことだ。

また、それはアンナの試験が前回から変わっていないことも意味している。依然として、この理外の化け物がアンナの対戦相手というわけだ。

「お待たせして申し訳ありません。それと、アンナの再試験の話を承諾していただいてありがとうございます」

「はっ……、男の礼なんざ気持ちわりぃだけだからいらねぇよ」

さいですか……。

慣れない敬語で礼をしたのに損した気分だ。まあ、挑戦の機会を与えてくれたというのなら今はそれでいい。

正面にいる魔王から視線を切って、隣にいるアンナの様子を確認する。

その目は真っ直ぐに両親へと向けられていて、今のところは冷静そのもの、問題はなさそうだ。

「父上、この不肖の身にもう一度機会を与えていただいて感謝の至りです」

「おう。だがな……これがまじの最後だ。もう次はねーぞ?」

「はい、承知しています」

アンナは父親からの脅しとも取れる言葉にも冷静に対応している。

後は本番でもその意志を貫くことができるかどうか……。

「覚悟は決まってるみてぇだな……。よし、そんならお前らは外に出てろ」

俺とアンナの母親へと向かって、魔王が魔法障壁が張られる外側へと出るように指示をする。

「アンナ、大丈夫だな？」

「ああ、情けなかった私を後押ししてくれた妹たちのためにも……もう逃げはしない」

「じゃあ、後は俺からお前に最後の助言だ」

「おい！　何やってんだ！　さっさと出やがれ！」

静まり返った会場に急かす魔王の声が響く。

「あの馬鹿親父、ぶっ殺す気で行ってみろ」

覚悟を決めたアンナの顔を見据えながら、他の誰にも聞こえないように最後の助言を囁いた。

「父上を……殺す……？」

「そうだ、もしできたらお前が次の魔王だぞ。こんな絶好の機会、他にあるか？」

もちろん九割は冗談で、そのくらいの気持ちで挑んでみろという意味だ。

そして一割は本気だ。もし娘にやられたならば喧嘩馬鹿の父親としても本望だろう。

「ははっ、そうだな。確かに、こんな近道がすぐそこにあることには気づかなかったな……」

アンナは冗談半分に答えながらも、父親を見据える目には僅かではあるが本気の色も浮かんでいる。

「おら！　さっさと出やがれっつってんだろ！　失格にすんぞ！」

「じゃあ頑張れよ！」

流石にこんなことで失格になったら洒落にならない。

アンナの肩を軽く叩いてから、怒る魔王に背を向けて障壁の範囲外へと向かう。

俺が範囲外へと出た瞬間に四方を囲む石柱から魔法障壁が張られ、再試験の準備が整った。

「お前が抜いたら開始だ……いつでも来な」

魔王がアンナに向かってかかって来いという手振りと共にそう告げた。

その言葉からは、今度はビビらずに俺に向かって来られるのかという意味が汲み取れる。

同年代の好敵手との戦いと敗北。短いながらも長女として妹たちを引っ張った訓練の日々。

その二つの出来事を通してアンナは大きく成長したが、それでも尚あの理外の男とは一個体として絶望的な戦力差がある。

だがアンナの背中には前回のような動揺や恐れは一切見られない。そこからは必ず勝ってみせるという強い意志だけが感じ取れる。

父親に焚き付けられたアンナが取ったのは、腰に携えた剣を抜くことではなかった。

アンナが見えない剣を握るように、虚空へと手を突き出す。

同時に障壁の内部に強い大気の奔流が生まれ、魔法障壁が内部から激しく揺さぶられ始めた。

障壁を突き抜け、アンナの意志を体現したかのような強い熱波が俺のいる場所まで伝わってくる。

そして、黒い篭手に包まれたアンナの手の内に決勝の場で見たものと同じ炎の剣が顕現した。

「父上、行きますッ!!」

「おう！　来いやッ!!」

威勢の良い掛け声と共に、アンナが父親へ一切の駆け引きもなく、真っ直ぐに突貫した。

踏み込む足は地面を割り、軌道上には残焔が舞い散る。

この場にはいない妹たちの後押しを受け、アンナは更に加速する。

「はぁあああアアアアッッ!!」

まるで獣のような咆哮。それに呼応するように炎の剣は更に多くの魔素を取り込んでいく。

限界を超えて収斂された灼熱は、術者であるアンナをも焼き焦がしている。

右腕を包んでいる装具と衣服が蒸発し、竜人族特有の鱗が付いた素肌が露出する。

耐熱に優れる種族であるとはいえ、その右腕には尋常ではない負荷がかかっているのは明らかだ。

それでも、足を止めることなくアンナは駆ける。

「し……ねぇえええええッッ!!」

そして、俺からの助言通りに全開の殺意を込めて一切の躊躇もなく炎の剣を父親へと振り下ろした。

「いきなり全開たぁ……悪くねぇッッ!!」

対する魔王は真っ向から迎え撃ち、炎の剣を素手で受け止めた。

二つの絶大な魔力がぶつかる。周囲を取り囲む魔法障壁は生じた衝撃波によって砕け散る。余波が会場全体を揺らし、天井からは建物の破片が降り注ぐ。

凄まじい奔流が俺のほうまで襲いかかってくるが、何とか二人の姿を視界に捉え続ける。

「……だがなッ! こんなもんじゃ俺は倒せねぇぞ!」

魔王の全身から、魔力が斬撃を受け止める手へと集まっていく。

直後、揺らめく灼熱の剣は魔王の手によって根本から握りつぶされ、無数の火の粉となって大気中へと霧散していった。

力の差はやはり絶望的なほどに大きい。

しかし、自身の最大魔法が打ち破られた直後でもアンナに諦念の色は一切窺えない。

諸刃の剣によって大きな損傷を受けていながらも、その目にはまだ勝利が見据えられている。

「まだ、この程度でッ!!」

アンナの咆哮が会場全体を揺らす。

消失した切り札と熱傷により使い物にならなくなった右手を一切顧みず、アンナは左手を腰に掛けた剣へと添える。

そのまま剣を一気に引き抜き、父親の首筋へと向かって横薙ぎの一閃を放った。

それは相手が常人であるなら、その首を跳ね飛ばして尚余りある勢いで放たれた剣閃。もはや試験の域を遥かに超える一撃だった。

だが、それが振り抜かれることはなかった。

魔族の頂点に君臨する男の首は、その渾身の一撃さえもたやすく受け止めた。

受け止めた首には僅かに血が滲むほどの切り傷が生まれているが、渾身の一撃を以て得た成果としてはあまりに小さい。

逆に全霊を込めた一撃を放ったアンナには大きな隙が生まれてしまっている。

それでも尚一切の諦念を見せていないアンナへと向かって、魔王の腕が伸びていく。

アンナは慌てて体勢を立て直そうとするが、もう間に合わない。

そして――

「合格だ。よくやったな」

魔王はそう言って、アンナの頭をわしゃわしゃと見た目通りの乱暴な手付きで撫でた。

それを見届けて、俺の口からは自然と大きな安堵のため息が漏れた。

「え……？　ごう……か……」

父親から告げられた言葉の意味を理解しきれていないのか、アンナは剣を持ったまま呆然と立ち尽くしている。

「一撃目も悪くなかったが……今の二撃目はまさに魂の一撃ってやつだったぜ。あいてて……」

娘に付けられた傷を押さえながら、感慨深そうに今の一撃を寸評する魔王。

「で、でも……私……勝ってない……」

「あ？　俺は一言も俺をぶっ倒せたら合格なんて言ってねーぞ？　ていうか、まじでやったら俺に勝てるわけねーだろ」

それを言ってしまえば身も蓋もないが、勝つのが不可能だというのは誰の目から見ても明らかだった。

「いいか、アンナ。下の奴を引っ張っていく立場にいる奴はな、敵がどんだけ強かろうと、挑まなきゃならねぇ時があるってこった。分かったか？」

魔王はアンナの乱れた髪の毛を梳くように撫でながら、優しく諭すように言った。

それはこの試験の本質であり、以前までのアンナには足りていなかったものだった。

「はい、父上……肝に銘じました……」

「おう、分かったならもう他の奴らに情けない姿を見せんじゃねーぞ?」

「はい、もう見せません……」

「でも、お前よ……いくらなんでも死ねは流石にひでぇだろ……」

震える声で応えたアンナに対して、魔王は口を尖らせながら拗ねたように言う。

愛娘に死ねと言われて斬りかかられたことは流石に堪えたらしい。意外とメンタルは弱いのかもしれない。

「も、申し訳ありません……その……フレイがそう言えと……」

「え? お、俺?」

そこまで言えなんて言ってないけど……ってめっちゃ睨まれてる。

「てめぇ……俺の娘に余計なことを吹き込んでんじゃねぇぞ……」

「あはは、その……えー、そのくらいの気概を持って挑めということであって、他意があったわけでは……」

言い訳をするが、正直この親父に対して鬱憤が溜まっていたのは確かにあるかもしれない。

「まあいいがよ……とにかく、お前は合格だ」

「合格……」

「ああ、流石は俺の娘だ」

魔王がせっかく整ったアンナの髪の毛をまたわしゃわしゃと乱暴に撫で回した。

アンナの手から剣が落ち、カランカランという小気味の良い高い音が場内に響き渡る。

「よ、よかったぁ……ひくっ……ほんとに、よがっだぁ……」

アンナが堰を切ったように大泣きし始めた。

「お、おいこら……な、何も泣くこたぁねぇだろ……」

「だ、だって……私……ひぐっ……父上に嫌われたのがど思ってでまじた……」

一昨日とは違い、その顔を腕で隠すこともせずにアンナは人目も憚らずに号泣している。

「馬鹿なこというんじゃねぇよ。俺がお前らのことを嫌いになるわけねぇだろ。ほら、情けない姿を見せないって言ったばっかだろ」

流石の魔王と言えども、娘の涙には弱いのか激しく狼狽している。

「だってぇ……」

父親の胸に顔をうずめて、俺や母親に見られていることなど気にせずにおんおんと泣きじゃくり続ける。

張り詰めていたものが解放されて感情の抑えが利かなくなっているのだろうか。アンナは時間が経つにつれて泣き止むどころか、更に大きな泣き声を上げていく。

魔王の言うように、せっかく長女として立派な背中を見せたのにと思わないわけでもない。

だが、今くらいはそれを咎めるのは野暮というものだろう。

それにアンナが実は泣き虫だという意外な一面を知れたのは収穫かもしれない。

「アンナ、よくやりましたね。ですが、泣く前にすることがあるのではありませんか？」

いつの間にか二人に近寄っていたアンナの母親が娘へと向かって見た目通りの穏やかな声で言った。

「は、母上……ひくっ……はい……申し訳ありません……」

アンナは父親から身体を引き離し、俺のほうへと向き直る。泣き腫らした目を残ったほうの袖で何度か擦ってから近づいてくる。

「フレイ……ありがとう……。私がここまで来られたのは、全て君のおかげだ……」

「まあ、それが俺の仕事だからな。でも、礼はありがたく……っておい、何してる……？」

そして、父親にしたのと同じように俺の身体に抱きつき、胸に顔をうずめてきた。

「ん？　親愛の情を示すには、こうするのが一番だと聞いたことがあるのだが……違ったか……？」

顔を上げたアンナが、きょとんと首を傾げる。

「いや、違う……こともないが……」

間違ってはいないのかもしれない。それでも服が焼け焦げてかなり際どい格好の女性にされると流石に照れるというか危ういというか……。

「おい！　こら！　てめぇ！　俺の娘から離れやがれ！　ぶっ殺すぞ！　ド変態が！」

「ふむ……なるほど……これがあの者の言ってたフレイの匂いか……。なるほど……」

「に、にお……？　な、何の話だ？」

俺の胸に顔をくっつけて、大きな呼吸をしながら一人納得したように呟くアンナ。何を言ってるのか全く意味が分からない。

というか向こうで雇い主が今にも飛びかかってきそうなほどにブチギレてるんだけど……。

「アンナ！　そいつから離れろ！　妊娠しちまうぞ！」

「え!?　そ、そうなのか!?」

魔王のとんでも理論を聞いたアンナが、顔だけ離してまた見上げてくる。

「いや、それは大丈夫だと思うが……それでも、そろそろ離れてくれたほうが……」

さっきから今度こそ本気で殺しに来られそうな殺気をひしひしと感じている。せっかくのお祝いムードの中であの時の続きだけは流石に勘弁して欲しい。

「いや……君との子であれば、そう悪くないかもしれん……。だからもう少しこうさせてくれ……」

そうしてまたアンナは俺の胸にぎゅっと顔を押し付ける。

「ごらぁ！　まじでぶっ殺すぞ！　そんなに前の続きがやりてぇのか!?」

「アンナ……立派な子を産むのですよ……」

怒り狂う父親、その隣では何故か感動してホロリと涙を零している母親。

どうすればいいんだ。誰でもいいから助けてくれ……。

「あーーーーーーーッッ！！！」

俺の願いが通じたのか、どこからともなく大きな叫び声が聞こえてきた。

「ちょっと！　アンナ！　私の彼に何してるのよ！」

よく知る声が、ドシドシという足音と共に俺たちのもとへと向かってものすごい勢いで近づいてくる。

「イスナ……どうしてここに……？」

「どうしてじゃないわよ！　貴方こそ何してくれてるのよ！　そこは私の場所なんだから！」

息を切らしながら駆け寄ってきたイスナが、アンナを押し退けるように抱きついてきた。

「お、おい……お前ら……」

助けを求めたはずが、やってきたのはまた別の災難でしかなかった。

異なる二つの柔らかさが同時に襲いかかってくる。まるで花畑の中にいるような甘い香りが鼻孔の中をいっぱいに満たしていく。

「あっ！　て、てめぇ……俺の娘を一人のみならず二人も……お、俺だってそんなことをなぁ……」

向こうからは怒りを超えた怨嗟の声が聞こえてくる。

そうは言われても、無理に引き離すわけにもいかないし俺にはどうしようもないんです。

「アンナ姉、やるじゃゃ～ん！」

「姉さん、おめでとうございます」

「これで五人……みんな合格……」

一部始終をどこかで見ていたのか、姉妹たちが続々と姿を現し、長女を祝福しながら俺たちのもとへと集結してくる。

「みんな……ありがとう……本当に……」

「感謝するくらいなら離れなさいよ！　そこは私の定位置なんだから！」

「私の場所と言われてもだな……名前が書いてあるわけでもあるまいし……」

「書いてるのよ！　魂に刻み込まれてるのよ！」

「ちょ、ちょっと……お前ら本当に……」

話を聞くこともなく、二人の姉は俺の身体の所有権を巡って争い続ける。三人の妹たちはそんな光景をただ笑いながら見ている。

まじで誰か助けてくれ……。本当に誰でもいいから……。

「いえ～い！　アンナちゃん、おめでと～！」

祈りはやはり通じなかった。今度は背後からこの世で最も嫌な声が聞こえてきた。

「あっ！　なんだか楽しそうなことしてる～！　私も混ざっちゃえ～！　え～い！」

その声が聞こえた直後、今度は背中から特大の柔らかい何かがむぎゅっと押し付けられた。

「ちょっと！　お母様まで！」

「も～イスナちゃんったら～、いつの間に先生とこんなに良い仲になっちゃったの～？」

「全ては前世より定められていたことなの！　お母様にはお父様がいるでしょ！」

「え～やだ～。だって今日は先生の気分だも～ん」

「あ、あの……本当にそろそろ……」

俺の心境や立場などは知ったことかと、二人は柔らかい物質を競い合うように押し付けてくる。

ここまで来ると逆に男として見られていないんじゃないかというような気がしてくる。

「娘のみならず……俺の女にまで……」

向こう側からまた殺気を孕んだ怨嗟の声が聞こえてくる。

そう言われても俺には本当にどうしようもないから怒りの矛先を向けられても困る。

「あっ、嫉妬するダーリンかわいい～」

「あーくそっ！　もういい！　野郎ども！　宴の準備をしろ！」

魔王が場内に何度も反響するほどの大きな声で叫ぶ。続いてどこからともなく地鳴りのような音が鳴り響いてきた。

「な、なんだ……？」

困惑も束の間、備えられた門の奥から魔族たちが場内へと向かってなだれ込んできた。その中にはロゼやリノの姿も見える。

続いて、豪華なものから粗雑なものまで、多種多様な料理などが次々と運び込まれてくる。

一瞬の内にがらんどうだった試験会場は魔族でひしめく宴会場へと様変わりしてしまった。

「ほらほら、先生はこっちこっち～」

「ダメよ、お母様！　彼には私が作った料理を食べてもらうんだから！」

「ははは……」

親と子に左右の手を引っ張られながら、乾いた笑いを浮かべるしかなかった。

「待て、貴様ら」

背後から凄まじい威圧感を伴う声。今度は一体何なんだ……。

「あっ、お母さん……」

「あら、ノイン。何、どうしたの～？」

その声にフィーアが反応し、続けてエシュルさんがその名を呼ぶ。それは紛れもなくフィーアの母親のものだ。

「今宵、これと語り合うのは我だ。貴様は大人しくゆずりゃっ⁉　にゃ、にゃにする⁉」

威圧感がふんだんに含まれていた声が、途中でやけに可愛らしい声へと変貌する。何があったのかは見えないが、それは話の途中で脇腹をくすぐられたような感じだった。

「あはは！　ノイン、独り占めはダメだぞ。あたしだって話したいことはいっぱいあるんだからなあ、先生？　サンはちゃんとやってるかい？」

「ふわ～わたしも先生とおはなし～」

距離感のやけに近いサンの母親に、煙のようにフワフワと漂うフェムの母親。今度は母親たちも続々と、もはや玩具と化した俺の周りに集まってくる。

仕方ない。教え子たちが全員無事に大きな試練を乗り越えたんだ。それなら俺もこのくらいの試練は軽く越えてやろうじゃないか。

決意を固めて、見た目は妙齢の女性たちに誘われるがままに死地へと赴く。

その後、ひたすら酔っ払いたちの相手をさせられる盛大な宴は三日三晩続いた。

“　”

三日三晩に及んだ宴が終わりを迎えて、数日ぶりの静寂を得た魔王の居城。

その最奥にある僅かな灯りだけが照らす玉座の間。

入口から真っ直ぐに延びた赤い絨毯の先にある豪華に設えられた玉座。

そこに座っているのはこの城の主である魔王ハザール。

しかし今その周囲には妻や娘はおろか部下の姿もない。彼はただ一人、じっと物思いに耽るように虚空の先にある暗闇を凝視している。

彼がしばらくそうしていると、ふと暗闇の向こう側からコツコツと一つの足音が響いてくる。

生気の感じられない規則的で静かなその足音は、灯りが照らしている範囲の寸前で止まった。

「……誰だ？」

魔王が低い声で、闇の中にいるぼんやりとした輪郭の影へと向かって尋ねる。

「私です」

「……ああ、お前か」

暗闇の中から返ってきた短い言葉。それだけで魔王はすぐに影の正体を把握する。

「お身体のご調子はいかがでしょうか？」

「ちょっと無茶はしたが……まあ、ぼちぼちってところだな。あいつらはもう帰ったのか？」

「はい。先程、お屋敷のほうへお戻りになられました」

魔王の問いかけに、影は闇の中に消え入ってしまいそうな儚げな声で答える。

「そうかい。しっかし……お前の連れてきたあいつはよくやってくれたぜ。それも想像以上にな」

「はい、そうですね」

「なんだ、お前には想像通りって感じだな」

影は魔王の言葉に対して沈黙を返す。それが肯定の意を示していることは付き合いの長い彼には分かっていた。

「でも、まあ……まだ何も終わったわけじゃねーからな。全てはこっからだ……」

「はい。私が持ちかけて……貴方が賭けたのはここからです」

「それで、次はどうすんだ?」

「次は……」

影が一歩前に進み出ると、その姿が灯りの下で露わになる。

肩にかかるほどの白い髪が緋色の光に照らされて怪しげに輝く。

無表情な侍女が古風な長いスカートを揺らしながら、一歩一歩ゆっくりと魔王へと向かって歩み寄る。

「まずはお嬢様方の更なるご成長。それから……彼の本当の姿を露わにしてみせます」

魔王の前へと歩み出たロゼは、表情を変えずにそう言った。

その内にある感情は、彼女以外の誰にも分からない――。

《了》

あとがき

この度は『魔王令嬢の教育係』第二巻をお買い上げいただきまして、ありがとうございます！

一巻の発売から約四ヶ月。『小説家になろう』に投稿してをはじめてから約一年が経過しましたが、当初はこうして二巻も出版できるだなんて考えてもいませんでした。これもひとえに皆様の応援によるものだと思います。

さて、一巻に引き続いてあとがき用の紙幅を二ページほど頂きましたが、身の上話が非常に苦手な人間なので何を書けばいいのか困り果てています。作品にまつわる四方山話でも書けばいいのかと考えましたが、あとがきを先に読む人もいるということでネタバレに配慮しながら書くのも難しい。

なので、唐突ですがカバー袖でも触れている飼い猫の話でもしようかと思います。

まずはサビ柄とギョロ目が特徴的な『ナノ』くん。うちにやってきたのは今から六年程前です。庭に迷い込んできたところを保護し、当時は小さく痩せこけていたので『ナノ』と名付けましたが今では小柄ながらも丸々と太ってきて改名も視野に入ってきました。出かけようとするとニャーニャーと鳴きながら足元にすり寄ってくるかわいい奴です。

次は三兄弟の一人で体重9．8kgの巨漢『エル』くん。五年前に後述する兄弟と一緒に生まれてすぐに育児放棄されていたのを保護したのが出会いでした。かかりつけの獣医さんにも「うちに来てる猫で一番大きい」と言われるくらいの巨漢。元々はL字に曲がった鍵しっぽが特徴的なので『エル』と名付けましたが、Lサイズのエルだとよく勘違いされます。

続いて三兄弟の一人、『シロ』くん。名前の通り真っ白で、毛並みが一番フワフワです。四匹の中で一番甘えん坊で子猫の頃はよく膝の上に乗ってきてくれたんですけど、最近はずっとナノにべったりで飼い主としては少し寂しいです。

最後に三兄弟の一人、『グレ』くん。名前の由来は毛色がグレーだからとこれまた単純です。お腹を撫でられるのが非常に好きで、近くに立つとすぐにゴロンと仰向けになって撫でろと脅迫してきます。撫でないとそのまま撫でるまでどこまでも追跡してきます。

以上の四匹がうちの飼い猫になりますが、ここまで読んで「文字情報だけでは物足りない！」と思ってくれた方がいることでしょう。そんな方々に朗報です。ななななんと！　作者のTwitter（@undonsuki）で、紹介した可愛い猫ちゃんたちの写真や動画が公開されています！　これはもう絶対にフォローするしかないですね！

それで、そのついでで構わないので……ほんの一言だけでもいいんで、今作の感想なんかもリプライで送ってくれれば嬉しいなー……って……。はい、回りくどい宣伝ですみません。でも感想やAmaz◯nレビューは物書きにとってカフェインやブドウ糖以上の原動力なんです。なので気が向いた方は是非送ってください！　何卒よろしくお願いします！

そして最後に本書を手にとってくれた方々、本書の出版に携わってくれた全ての方々に改めて感謝を。またお会いできることを祈りつつ、この辺りで締めたいと思います。ではまた！

新人

バートレット英雄譚
スローライフしたいのにできない弱小貴族奮闘記
1
上谷 岩清
Illustrator 桧野ひなこ
用無しとなった少年たちの辺境開拓!!
異世界転生してもチートなしな少年の成り上がりスローライフ!
©Iwakiyo Kamitani

魔物の国と裁縫使い
01
～凍える国の裁縫師、伝説の狼に懐かれる～
今際之キワミ
Illustration. 狐ノ沢
トラブルを裁縫術でパパっと解決!!
裁縫で人間も魔物も幸せに
もふもふ繊維ファンタジー開幕！
©imawano kiwami

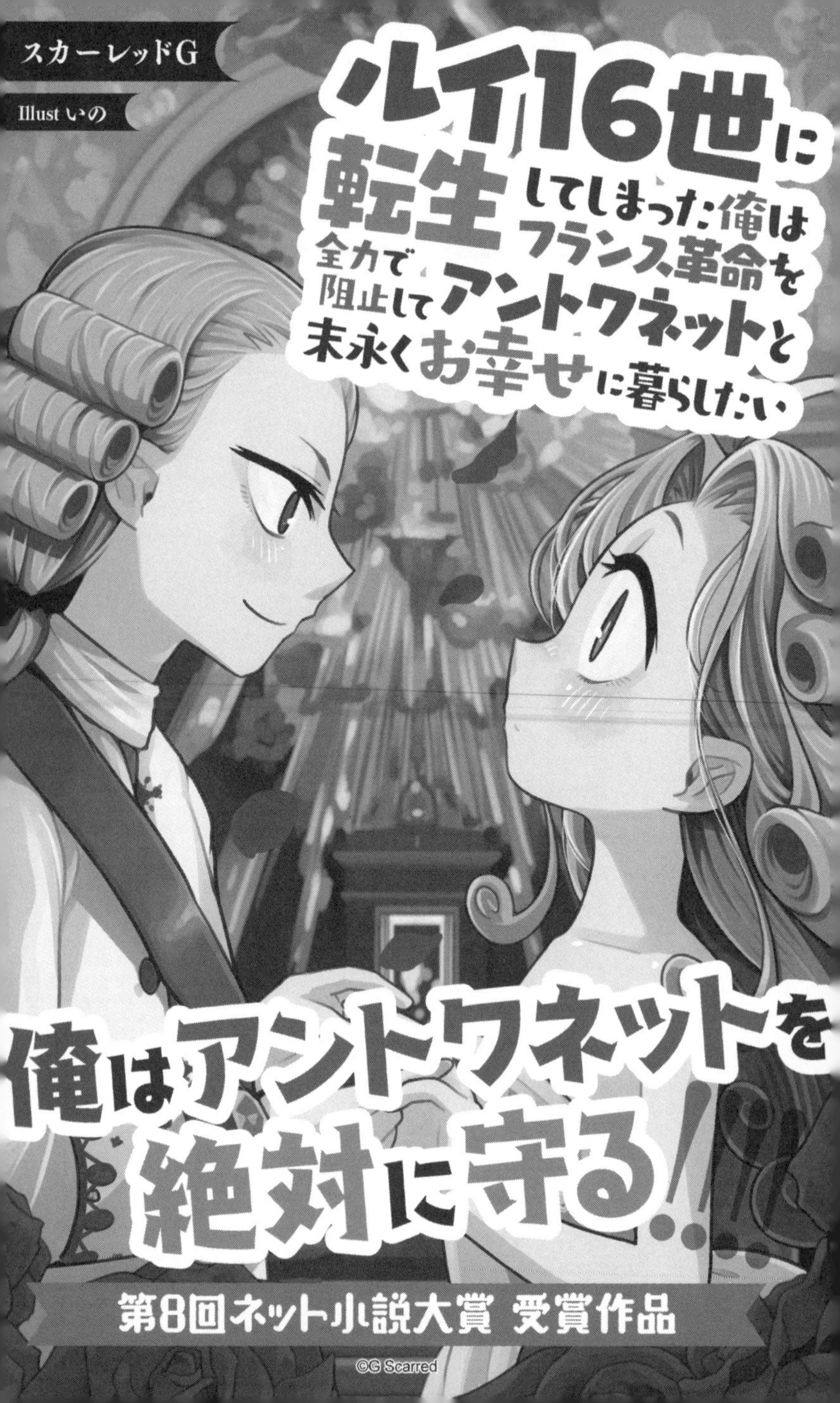
スカーレッドG
Illust いの
ルイ16世に転生してしまった俺はフランス革命を全力で阻止してアントワネットと末永くお幸せに暮らしたい
俺はアントワネットを絶対に守る!!
第8回ネット小説大賞 受賞作品
©G Scarred

魔王令嬢の教育係 2
～勇者学院を追放された平民教師は魔王の娘たちの家庭教師となる～

発 行
2020年12月15日 初版第一刷発行

著 者
新人

発行人
長谷川 洋

発行・発売
株式会社一二三書房
〒101-0003 東京都千代田区一ツ橋 2-4-3 光文恒産ビル
03-3265-1881

デザイン
okubo

印 刷
中央精版印刷株式会社

作品の感想、ファンレターをお待ちしております。
〒101-0003 東京都千代田区一ツ橋 2-4-3 光文恒産ビル
株式会社一二三書房
新人 先生／巻羊 先生

Printed in japan, ISBN 978-4-89199-675-8

※本書は小説投稿サイト「小説家になろう」（http://syosetu.com/）に
掲載された作品を加筆修正し書籍化したものです。